Nog boeke deur Francine Beaton

FRANCINE
BEATON

Posbus 2347
Pretoria
0001
E-pos: beatonfrancine@gmail.com
www.francinebeaton.com

'N MAN SOOS PIERRE

'n Pad na Glorie Roman

FRANCINE BEATON

Vir Pa

© Teks: Francine Beaton
© Publikasie: Francine Beaton
Posbus 2347, Pretoria, 0001
E-pos: beatonfrancine@gmail.com
www.francinebeaton.com

Buiteblad ontwerp: German Creative
Tipografiese Versorging: Francine Beaton
Eerste Uitgawe: 2021
© Kopiereg 2021

ISBN 978-1-928534-48-8

1

Landie se hale is gemaklik en ontspanne. Haar ritme volg die musiek wat deur haar oorfone speel. Sy trek haar asem behaaglik in, dankbaar vir die heerlike weer in Pretoria. Die laatmiddag sonnetjie is nog warm genoeg sodat sy met 'n kortmouhemp en oefenbroek kan draf in plaas van die sweetpakke wat sy in New York moes dra.

Sy het eintlik vergeet hoe lekker die weer in Pretoria kan wees in die herfstyd. Dit voel soos 'n eeu gelede toe sy hier skool gegaan het en in Affies se koshuis gebly het.

Haar loopbaan het haar op ander en ver paaie gevat maar sy kon destyds darem nie daardie kans deur haar vingers laat glip nie. Is sy spyt? Miskien maar miskien ook nie. Spyt miskien oor wat sy gemis het, maar dankbaar vir die geleenthede wat sy gegun is.

Nou is sy egter terug en vir die eerste keer vandat sy sestien is, bly sy en haar twee beste vriendinne van kleuterdae in dieselfde stad en sommer in dieselfde woonstel. Landie, Sonja en Amanda het so twee dae gelede in 'n meenthuis ingetrek wat aan Sonja se neef Ryan behoort. Hulle het op skool al daarvan gedroom en groot lugkastele gebou maar dit het nooit gebeur nie, juis oor die keuses wat sy destyds gemaak het.

Die meenthuis is ruim met drie slaapkamers. Ryan het dit jare gelede gekoop toe hy vir die Buffels begin rugby speel het. Hy het egter onlangs besluit dat dit tyd is dat hy huis koop, weg van die stadion, aangesien hy die einde van die seisoen sy rugbystewels gaan ophang.

Landie moet erken. Sy was maar bietjie skrikkerig vir die frisgeboude man met die lang hare en baard. Hy het soos 'n grotman gelyk, maar hy is eintlik heel anders as wat sy gedink het. Toe sy hoor dat Ryan volgende jaar Engelse letterkunde gaan gee by dieselfde privaatskool waar Sonja Wiskunde aanbied, kon jy haar omtrent met 'n veertjie omtik.

Die woonstel is ook naby genoeg aan die Katolieke Hospitaal waar Amanda 'n verpleegster is.

Landie se eie toekoms is nog effens duister, maar dis nie iets waaroor sy haar vandag al wil bekommer nie. Môre sal wel sy eie antwoorde bring.

Sy skuif die oorfone gemakliker oor haar ore en versnel haar pas effens. Haar kop, soos haar bene, beweeg ritmies saam met die musiek. Dit neem nie lank voor sy ontspan nie, vasgevang in haar eie gedagtes. Haar oë bly voor haar op die paadjie gevestig en sy is onbewus van die ander mense wat ook die kans gebruik om in die park te ontspan.

Landie is nie presies seker wat gebeur het nie. Een oomblik hardloop sy nog lekker rustig, en die volgende is dit asof alles in stadige aksie gebeur. Sy sien skaars die massiewe seilskoene wat in trurat voor haar verby beweeg toe is dit net bene en arms en 'n gegryp na lug toe haar voete met die eienaar van daardie seilskoene s'n verstrengel raak.

Soliede en kliphard arms omsingel haar behoorlik en dan is dit reguit af aarde toe.

Met 'n oemf-geluid val die man plat op die naat van sy rug met Landie bo-op hom.

Vir 'n oomblik of twee lê sy stil om seker te maak alles is nog in een stuk. Sy het nie eens besef dat sy haar oë toegemaak het met die valslag nie, maar toe sy haar oë oopmaak, kyk sy vas in die mooiste paar oë. Seegroen soos die kleur van die water nader aan die seebodem. Lagplooitjies kreukel om sy oë en vir een of ander rede kan Landie nie wegkyk nie.

Die man se glimlag verdwyn stadig. Sy sien sy mond beweeg, maar Landie hoor nie 'n woord wat hy sê nie. Miskien het sy harder geval as wat sy gedink het.

Sy het seker hardop opgemerk dat sy hom nie kan hoor nie, want die volgende oomblik beweeg sy hande van haar rug na haar hare en dan pluk hy die oorfone uit haar ore.

Die glimlag is terug toe hy terg, "Miskien as jy hierdie goed uit jou ore uithaal, Sproetjies, sal jy kan hoor wat ek sê."

Landie vererg haar onmiddellik maar sy kry nie kans om iets te sê nie, want twee paar kaal voetjies verskyn by die man se kop en sy kyk op. Twee pare identiese oë, presies dieselfde skakering as dié van die man wat haar nog steeds geamuseerd beskou, bestudeer haar aandagtig. Enetjie vra die man, "Hoekom hou jy die tannie vas? Gaan jy haar soen?" en die ander enetjie giggel ondeund. "As jy haar soen, gaan ek vir Mamma sê jy soen vreemde tannies."

Landie ruk haar asem in. Onnodig hard druk sy op die man se bors toe sy opvlieg. Sy durf nie na hom kyk nie – ook nie na die twee seuntjies wat haar nou aandagtig beskou nie. Die man lyk nie eens of hy skaam kry nie. Hy leun agteroor op sy elmboë en bestudeer haar openlik met 'n wye en te sexy glimlag.

Jinne, wat sal die kinders se ma dink dat hy so eie is met ander vroue? Of miskien is die arme vrou gewoond daaraan dat hy met ander vroue lol. Sy het nie tyd vir sulke mans nie. Nee wag, sy het nie eintlik tyd vir enige man nie. Daarvoor is haar lewe te deurmekaar.

Landie wil net wegdraf toe die man so wraggies die vermetelheid het om vir haar te vra, "Sê jy nie dankie omdat ek jou val gekeer het nie, Sproetjies?"

Landie ruk haar kop terug en gluur hom aan. "Eerstens, as jy my weer Sproetjies noem klap ek vir jou so hard dat jy sterretjies sien. En tweedens, as jy gekyk het waar jy hardloop, sou dit nie nodig gewees het dat jy my val moes keer nie."

Met dié swaai Landie om en begin wegdraf, maar nie vinnig genoeg om sy laggie te hoor nie. Dis diep en ryk en laat die rillings langs haar rug afgly.

Sy hoor een van die seuntjies iets vra en die man lag weer. Sy diep stem trek ver deur die middaglug en Landie hoor duidelik hoe hy die klein seuntjie antwoord, "Nee jong, Fransman, daardie tannie is kwaai. Ek sou nou nie omgegee het om haar te soen nie maar jy hoor mos sy sal my klap."

Landie hardloop vinniger. Net voor sy by die parkie uithardloop, gluur sy nog een keer in die rigting waar sy die man en die twee seuntjies gelos het.

Hy het haar nou sommer omgekrap. Kan 'n man nou so openlik vir sy kinders vertel dat hy nie sou omgee om 'n ander vrou te soen nie? Sulke mans sal sy net nooit verstaan nie.

Pierre staar vies na die drie mans. Dis seker nie Tom Brady, Kobus Marais of Nathan Sinclair se skuld dat hy in so 'n slegte bui is nie. Dit is egter wel die twee afrigters en die hoëprestasiebestuurder se skuld dat hulle hom nou net verder omgekrap het.

Sy slegte bui is nog steeds te wyte aan daardie vroumens wat hy twee weke gelede in die park raak gehardloop het. Hoe hy ookal probeer, hy kan haar net nie uit sy gedagtes uitkry nie. Die oomblik toe sy arms om haar gevou het om haar val te keer, het 'n warmte deur hom gespoel wat hy bitter lanklaas met 'n vrou gevoel het. En toe sy haar oë oopmaak? Hel, hy sou nog lank in daardie oë kon staar. Haar oë was so 'n poublou. Die sproetjies, fyn soos dit is, is nie dadelik met die oog sigbaar nie, maar omdat hy so na aan haar was, het hy hulle opgemerk. Sy vingers het gejeuk om daaroor te streel en een-een te tel. Dis vreemd. Hy sou nou nie dink dat hy dit aantreklik sou vind nie.

Sy het haar darem liederlik vir hom vererg. Daardie blou oë het behoorlik geblits. Dit het Pierre nog net meer geïnteresseer en dinge laat voel wat eerder kon gebly het. Hy kon nie eens opstaan nie, want hy sou nie die effek wat sy op daardie oomblik op hom gehad het kon wegsteek nie.

Hy was eintlik spyt dat Fransman en Pietertjie saam met hom in die park was. Hy sou haar baie graag eerder wou volg om uit te vind wie sy is.

"Kaptein." Pierre ruk behoorlik soos hy skrik toe Tom Brady se stem skielik harder opklink. Hy bloos verleë toe hy besef dat hy nie 'n woord gehoor het van die lesing wat die hoofafrigter hom so pas gegee het nie.

Pierre ken vir *Coach* Brady nie van vandag af nie. As die man so stil praat, dan weet Pierre dit gaan nie eens help om te stry nie. Hy moet egter nog *een* keer probeer. Die ouens gaan hom erg kwalik neem as hy dit nie doen nie. Hy kan al klaar hul verontwaardiging hoor. Hel, hy wat Pierre is, is verontwaardig. Dis 'n simpel idee en hy wens die persoon wat dit gekry het, kry 'n kramp op 'n plek wat Pierre nie eens wil noem nie.

Pierre gluur na Nathan. Hy sal nie verbaas wees as dit Nathan se idee is nie. Hy is seker dat dit daardie harsingskudding is wat Nathan blykbaar in Desember opgedoen het, wat hierdie vreemde idees veroorsaak. Volgens Mark Bailey, Nathan se neef, is Nathan boonop so verlief op 'n modeontwerper dat hy heeldag met sy kop in die wolke rondloop. Blykbaar wag Nathan net dat hy sy geheue herwin voordat hy Meghan Carstens vra om te trou. Die gedeeltelike geheueverlies is 'n gevolg van die post-harsingskudding-sindroom en niemand weet hoe lank dit kan vat om op te klaar nie. Nie dat dit lyk of dit Nathan pla nie.

Pierre sug onderlangs. Dis seker wat die liefde aan jou doen.

En dis nie net Nathan nie. Dit lyk asof die hele klub die kluts kwyt is. Eers het Christopher Brooks, die media- en kommunikasiebeampte geswig en is hy in rekordtyd met sy hoërskoolliefde, Riley Adams getroud. Toe Christopher vir Riley na jare weer raakloop en uitvind dat hulle 'n seun het, en dat die rede dat hulle opgebreek het die toedoen was van haar pa se leuens, was die koeël deur die kerk. Hulle is sommer 'n week nadat hulle verloof geraak het, hier in die einste stadion getroud.

As Pierre dit moet opsom, val die res van die spelers soos domino's. Nie eens die eed wat die spelers verlede jaar afgelê het, het gekeer dat hulle so op 'n streep verlief raak nie. Gelukkig het Tom Brady 'n einde aan hul selfopgelegde verbod gemaak om nie in 'n nuwe verhouding betrokke te raak nie. Dit is asof daar 'n hele nuwe atmosfeer in die klub heers sedert Tom aangedring het dat die nonsens moet einde kry. As Pierre moet aflei, is daar baie ander ouens wat in dieselfde posisie as Jakes du Plessis was. Verlief en verlore met geen kans om die meisie die hof te maak nie. Nou het Jakes die struikelblok vir hulle uit die weg geruim.

Jakes, Pierre se ou skoolmaat, het ook verlede jaar teruggekeer na die Buffels na hy vir jare by die Sewes betrokke was. Gelukkig is Jakes se groot liefde nie die wyfiespinnekop wat Jakes sedert hoërskool in haar web vas geweef het nie. Alhoewel Pierre nie so baie tyd saam met Jakes en die Amerikaanse kunstenares, Angie Summers, deurgebring het nie, is hy baie verlig dat die meisie wat Jakes se voete onder hom uitgeslaan het, ten minste normaal is.

Jakes het nie op hom laat wag nie. Met die span se ondersteuning en hulp het Jakes Denver toe gevlieg nadat hy sy sleutelbeen gebreek het. Jakes het nie net vir Angie gevra om te trou nie. Die twee is sommer so stil-stil getroud met net Angie se familie en vriende as gaste. Ten minste kom die twee weer hier in Suid-Afrika trou voor die Wêreldbeker en het Pierre sy uitnodiging so saam met die res van die senior groep gekry.

Dit was nog nie die einde nie. Verlede week het Daniel Cooper, die senior span se kaptein, Melissa Roux, een van die fisioterapeute, gevra om te trou en dit nogal op nasionale televisie. Die probleem was net dat Melissa nie daar was nie. Sy was saam met Pierre en sy span in Windhoek en hul vliegtuig was vertraag. Christopher en een van Daniel se vriende, Grant Willoughby, het Melissa op die lughawe ingewag en haar summier na The Final Whistle, hul uithangplek langs die stadion, geneem. Op pad het Melissa na die video gekyk van die onderhoud wat Christopher se vrou, Riley met Daniel gevoer het en sy huweliksaansoek daarna. Toe Melissa by die restaurant aankom, het sy Daniel sommer dadelik die jawoord gegee sonder dat hy weer moes vra.

As Pierre dinge opsom, gaan die twee nie die laaste wees hierdie jaar nie. Hy het 'n idee daar is 'n hele paar ander wat hulle binnekort gaan volg en hy glo daar is nog ander wat nog nie eens weet dat hulle moontlik die volgende kan wees nie.

"Kaptein, waar is jou gedagtes? Jy hoor nie 'n woord wat ek sê nie. Moenie vir my sê jy het ook muisneste nie."

Pierre kyk verleë op en sien hoe Tom, Kobus en Nathan hom aandagtig beskou. Blosend skud hy sy kop verontwaardig. "Nee, natuurlik nie, *Coach* maar ballet, *Coach*? Is daar regtig nie 'n ander manier nie?" pleit hy. "Nate? Kan jy jou indink wat sal gebeur as die ander spanne dit hoor. Ons gaan nooit die einde daarvan hoor nie."

Nathan skud sy kop met 'n glimlaggie wat om sy

mondhoeke krul. "Jy kan maar stry soos jy wil maar ek belowe jou, ons is nie die eerste klub wat dit probeer nie. Waar dink jy het ek die idee gekry?"

Toe Pierre sy kop skud, antwoord Nathan smalend, "By die magtige All Blacks."

Pierre wil dit nie glo nie maar hy sal eerder nie met Nathan stry nie. Die ou se kennis oor fiksheidstegnieke is verstommend en hy wil ook nou nie in Nathan se slegte boekies kom nie. Hy gaan hom nog baie keer moet raadpleeg in die toekoms wanneer hy volgende jaar die leisels as afrigter van die onder 21's gaan oorneem.

"Hoe die hel kan ballet ons help?" argumenteer Pierre teen sy beterwete. Hy weet mos dit gaan nie help nie. Die skrif is al klaar aan die muur. Hy sien hoe Tom Brady en Nathan vir mekaar kyk en glimlag voordat Nathan verduidelik, "Het jy al ballet gesien? Het jy al gesien hoe tel die mans die vrouens op? Dis omtrent soos ons tegnieke om ouens in die lynstane te lig of met afskoppe."

Pierre skud sy kop en brom, "Ek het geen benul van wat in ballet aangaan nie en stel nie juis belang nie. Dis sommer net 'n klomp nonsens."

Die bestuurspan bestudeer hom aandagtig en dan sê Tom Brady met 'n stemtoon wat duidelik uitspel dat hy nie verder gaan argumenteer nie, "Kaptein, laat ek dit nou vir jou duidelik maak. Jy gaan jou span inlig dat hulle vanmiddag 'n balletklas gaan bywoon. Almal van julle. Jy gaan seker maak ek hoor nie 'n verdere argument van enige van julle nie. Julle gaan julle samewerking gee en jy gaan die voorbeeld vir jou manne stel. Maak ek dit duidelik?"

"Ja, *Coach*. Jammer *Coach*. Nog net een vraag, *Coach*?"

Tom gluur hom aan. "Wat is dit?"

"Doen die senior span dit ook, *Coach*?"

Pierre sien weer die glinstering in Tom se oë voordat hy geamuseerd antwoord, "Hulle doen dit saam met julle."

Pierre knik tevrede. As hulle hierdeur moet gaan, is dit net geregverdig dat die senior ouens dit ook doen. As hy 'n voorbeeld vir sy span moet stel, kan die senior ouens dit doen vir die res van die klub.

Tom stap deur toe, 'n duidelike teken dat hy sy punt gemaak het. Net voordat hy omdraai sê hy met dieselfde glinstering in sy oë van vroeër. Wat egter bygekom het is 'n openlike geamuseerdheid wat duidelik ten koste van Pierre is. "En Kaptein?"

Pierre sug. "Ja, *Coach*?" Hy het 'n spesmaas wat gaan kom en hy weet al klaar dat hy nie daarvan gaan hou nie.

"Net vir jou straf omdat jy met my wou argumenteer, sal jy die een wees wat die persoon wat die klas gaan aanbied gaan help om te demonstreer wanneer dit nodig is. Ek sal daar wees om toe te sien dat dit gebeur."

Pierre sug hardop wat maak dat Nathan hom openlik uitlag net voordat hy agter Tom by die deur uit verdwyn. Met 'n glimlag trek Kobus sy skouers op en volg die ander twee.

Pierre gaan nie wéér stry nie. As hy dit gaan doen, gaan sy straf wees om die hele dekselse tyd die proefkonyn te wees. Daarvoor sien hy nie kans nie.

L andie staar die ou dame aan asof sy van lotjie getik is. Miskien word *Madame* Rouxbaix seniel. Jinne, sy moet seker al amper tagtig of negentig wees dat dit nie Landie sal verbaas nie. Sy sal die ou dame moet dophou. Sy het skaars twee weke gelede hier ingestap om te hoor of sy hier kan oefen. Sy het nie verwag dat sy sommer 'n aanstelling sal kry as 'n onderwyseres nie. In dié tyd het sy egter nie veel tyd met die eienares van een van die oudste balletskole in die land spandeer nie. Sy loer-loer na Donnie, maar hy luister ewe aandagtig na die instruksies.

Landie trek skoon haar oë op skrefies so aandagtig beskou sy Madame. Dit blyk tog dat Madame ernstig is. Landie wil egter doodseker maak haar ore speel nie met haar parte nie.

"By die rugbystadion? 'n Klas? Vir wie?"

Toe Donnie lag, gee Landie hom 'n vuil kyk maar draai vinnig haar kop terug na Madame toe sy rustig antwoord, "Vir die rugbyspelers natuurlik. Wie anders dink jy sal nou ballet doen by die rugbystadion?"

Landie gryp na 'n strooihalmpie. "Dalk hul vrouens. Of dogters. Of iemand."

Madame skud net haar kop. "Nee, juffrou Schoeman. Jy en Donovan gaan die klas vir die rugbyspelers aanbied. Julle twee ken mekaar en kan goed saamwerk. In elk geval hoef jy net Donovan se leiding te neem. Hy ken die prosedure en het al vantevore lesse aangebied vir atlete wat ander sportsoorte beoefen. Hy weet wat om te doen."

Landie sug. Sy weet sy het nie 'n kans om hier uit te draai nie. Dis ook nou nie asof sy iets beter het om te doen nie. Sy het egter geen idee wat om te verwag nie.

Sy kry ook nie eens 'n kans om Donnie te bombardeer met vrae nie, want die verdwyn soos mis voor die son nog voordat Madame Rouxbaix klaar gepraat het.

Landie bied slegs een klas die oggend aan. Dit is 'n beginnersklas vir volwasse vroue en is nogal heelwat pret. Gelukkig lei dit haar aandag af van wat voorlê later die middag. Sy het nog steeds haar bedenkinge maar gelukkig gaan Donnie ook daar wees. Hy sal haar nie in die diep kant ingooi nie. Altans, sy hoop nie so nie!

2

Pierre stap moedeloos na *The Final Whistle*, die einste restaurant langs die oefenveld waar Melissa skaars 'n week vantevore vir Daniel die jawoord gegee het. Daar is heelwat tafels oop aangesien die res van die spelers seker al lankal klaar geëet het of die privaatheid van die spelers se eetkamer in die stadion opgesoek het. 'n Paar verdwaaldes soos Luke McCarthy, JJ Edwards en Franco Naudé sit nog by een van die tafels. Soos gewoonlik gryp die jonger manne elke geleentheid aan om hul studies op te vang terwyl hul voltyds rugby speel. Pierre weet hoe dit voel en hy bewonder die jonger manne se deursettingsvermoë.

Hy het veral respek gekry vir Luke McCarthy. Die man het hom beïndruk met sy harde werk en wilskrag sedert hy weer by die klub aangesluit het. Pierre kan glo dat dit nie maklik was nie.

Pierre stap na 'n tafel 'n entjie weg van die groep. Dis nie dat hy 'n afstand wil hou van hulle nie, maar wat hy nou te sê het, is beter as daar nie ander ore by is nie. Hy wil ook nie hul studies onderbreek nie en nog minder wil hy hul middagete bederf deur nou al vir hulle die nuus te gee. Voor hy gaan sit, roep hy na sy onderkaptein, Patrick Dunn, wat ook by die groep jonger manne sit.

Patrick staan onmiddellik op en nog voor Pierre sy sit gekry het, strek Patrick sy ellelange lyf op die bank oorkant Pierre uit. "Wat gaan aan, Kaptein? Jy lyk asof die wêreld op jou skouers druk."

Pierre sug. "Of so iets."

Patrick se oë vonkel terwyl hy Pierre met sy sterk Engelse aksent terg, "Wat is fout? Moenie vir my sê dis 'n vroumens nie. Jy weet mos dis net moeilikheid soek om met vrouens te lol."

Weer eens flits die vrou in die park se gesig voor hom maar Pierre onderdruk dit vinnig. "Was dit maar eerder 'n vrou. Nee, Pat, hierdie is nog erger as 'n moedswillige vroumens. En voor jy kla, dis nie my besluit nie. Jy en die res van die span moet twee-uur in die gimnasium bymekaar kom. Dra iets wat stywerig sit maar waarin julle gemaklik kan beweeg en slegs kouse. Dit is Nathan se opdrag, nie myne nie. Volgens die *Coaches* sal geen verskonings geduld word nie."

Patrick se glimlag verdwyn en hy frons. "Hoekom, Kaptein? Het ons nie vandag kragwerk in die gimnasium nie?"

Pierre skud sy kop. Hy het sy opdrag gegee, maar hy gaan nou eerder niks van ballet noem nie. Laat die ouens dit maar self uitvind. Netnou het hy 'n oproer voor die tyd en daag hulle nie een op nie. Hy wil nie nog Tom se wrewels op sy hals haal nie. "Nee, *Coach*, of eerder Nathan, het 'n ander idee. Sorg jy net dat almal daar is."

"Reg so, Kaptein. Enigiets anders?" Pierre skud sy kop en glimlag vinnig vir die kelner wat sy bord kos voor hom neersit.

Een jaar. Dit was sy keuse. Hy kon uitgetree het voor hy hom vroeër vanjaar weer by die Buffels aangesluit het maar nee, toe voel hy mos weer lekker fris na sy rustyd en teken hierdie kontrak. Gelukkig is dit net vir hierdie jaar. Hy is bly om terug te wees by die Buffels, maar dinge het baie verander sedert hy vier jaar gelede hier weg is.

Hy frons weer ongeduldig. Hy was deel van die span toe Nicholas Carter die klub gekoop het amper tien jaar gelede. Hy het saam met die span gegroei. Hy het lekker hier gespeel. Baie bekers gewen. Maar toe ontmoet hy mos 'n vrou en dink dat dit 'n goeie idee is om haar te volg Londen toe. Dit was die grootste fout wat hy in sy lewe gemaak het.

Die lewe anderkant die water was nie so lekker as wat hy gedink het nie. Dat Monica oor alles gekla het, veral sy skedule en die feit dat hy so baie weg was, veral toe hy in sy laaste Wêreldbeker gaan speel het daardie eerste jaar, het natuurlik tot sy ongelukkigheid bygedra. Toe hy verlede jaar na 'n toer in Europa teruggekeer het Londen toe, was Monica weg. Soos een van sy Engelse spanmaats gesê het, *"It was good riddance to bad rubbish."*

In daardie stadium het dit nie so vir Pierre gevoel nie maar nou weet hy dat 'n toekoms met Monica die grootste fout van sy lewe sou gewees het. As sy hom nou net wil uitlos, dan sou hy baie beter af gewees het. Daardie groot liefde waarvoor sy hom gelos het, het blykbaar nie uitgewerk nie en nou dink sy hy wat Pierre is sal haar met ope arms ontvang. Nee wat, daardie bootjie het al lankal geseil.

Dit was Peter Matthews, sy afrigter in Londen, wat hom aangemoedig het om terug te keer na die Buffels. Pierre was nie die enigste nie. Jong Ulrich Fölscher het saam met Pierre geteken maar waar Ulrich nog 'n hele paar jaar voor hom het, staan Pierre se loopbaan einde se kant toe. Eintlik het hy gedink dit was die einde verlede jaar maar Pete het geweet van Pierre se begeerte om af te rig. Hy was die eerste een wat Pierre die eerste keer die geleentheid gegee het as speler-afrigter.

Pierre het Pete leer ken as 'n jong afrigter hier by die Buffels wat later sy heil oorsee gaan soek het waar hy groot sukses behaal het. Onder Pete het hul Londense span drie bekers verower. Pete keer ook die einde van die jaar, wanneer sy oudste seun hoërskool toe moet gaan, terug na die Buffels as Direkteur van Rugby. Hy het vir Pierre voorbrand gemaak en Pierre sal hom ewig dankbaar bly daarvoor.

Alhoewel die senuwees knaag, sien Pierre uit na die uitdaging wat voorlê. Hy het al 'n voorsmaak gekry in die Ontwikkelingstoernooi maar die Interprovinsiale toernooi gaan baie meer van hom verg. Hy gaan minder speel en meer van die afrigtingstake oorneem — nie net by die Braves nie, maar ook by die onder 21's. Boonop gaan hy uithelp by die onder 19's wanneer hulle voorberei vir die interprovinsiale toernooi. Tot dusver het hy meestal net op die voorspelers gefokus, maar in die toekoms gaan hy by al die aspekte van die afrigting betrokke wees.

Nou egter, moet hy nog steeds fiks bly indien sy span hom nodig kry.

Miskien sou hy dit meer geniet het as als nie so verander het nie. Wie sou nou kon dink dat hulle sulke kos moet eet en nou nog ballet ook moet doen? Pierre kan nie wag vir die dag wat hy sy stewels ophang en kan weglê aan 'n burger en skyfies en uieringe nie.

Hy sug weer gelate. As Daniel Cooper en Mark Bailey en al die ander na die voedingkundige, Chloe Kemp, kan luister, kan hy seker ook. Gelukkig weet hy dat die einde in sig is.

Pierre het amper klaar geëet toe Daniel, die senior span se kaptein, asook die algemene klub kaptein, oorkant hom neersak. Pierre sien sommer dat Daniel hom regmaak vir 'n lekker geselsie. Hy gee nie om nie. Hulle ken mekaar al jare. Hulle het van hul onder dertien-jaar af teen mekaar gespeel. Pierre was nou wel in die Afrikaanse seunskool en Daniel in die Engelse seunskool maar dit het beteken dat hulle gereeld opponente was. Hulle het egter beide vir die provinsiale spanne in hul ouderdomsgroepe gespeel en toe Daniel en sy boesemvriend Mark na universiteit by die Buffels aansluit in plaas van die groter Pretoriase klub, het Pierre hulle gevolg. Hulle was goeie spanmaats en vriende voordat Pierre weg is.

Dinge het net so verander. Daar is 'n klomp nuwe gesigte, veral in Pierre se groep maar daar is darem nog 'n paar bekendes. Hulle speel egter in die senior span en Pierre het nie baie geleentheid om met hulle te sosialiseer nie. So nou en dan maak hy en Daniel 'n punt om bietjie te gesels en op te vang maar meestal is dit net so in die verbygaan.

Hy bestudeer Daniel se tevrede gesig maar Daniel is totaal onbewus daarvan. Daniel staar droomverlore na Melissa waar sy by 'n tafel saam met die ander vroue verbonde aan die Buffels sit. By Melissa is Chloe Marshall, die voedingkundige wat verantwoordelik is vir hul nuwe gesonde dieet. Elisabeth Meyers, die nuwe skakelbeampte en Rachel Dunn, die persoonlike assistent vir die senior ouens, maak ook deel uit van die groep vroue. Sarah MacKay, die taalkundige wat veral vir Richie Campbell, die Skotse speler, met sy uitspraak en onderhoude help, is ook daar.

Pierre het al klaar die gemor gehoor. Aangesien Sarah so suksesvol is met Richie, wie 'n nagmerrie was om onderhoude mee te voer, het die klub besluit dat al die ouens die kursus moet doen. Nie dat onderhoude vir Pierre pla nie. Hy het genoeg al van dit in sy leeftyd gedoen, veral toe hy kaptein by sy Londense klub was. Hy was in elk geval in die skool se debatspan en het lankal al daardie goed geleer wat Sarah in die kursus behandel. Hy sal dit egter weer doen net om 'n voorbeeld te stel, net soos Daniel dit sal doen.

Buiten sy rol as speler en mentor vir die jonger spelers by die Buffels, is hy ook 'n hulp-afrigter. Dit vat baie van 'n ou maar hy is dankbaar vir die geleentheid wat Nicholas Carter, die eienaar van die Buffels, dat hy hom die geleentheid gee om hom voor te berei wanneer hy aan die einde van die seisoen by die deurwinterde Kobus Marais oorneem. Hy dink Pete Matthews en die rol wat Pierre by sy vorige klub in Londen gespeel het, het bygedra tot Pierre se aanstelling. Hy het darem 'n graad in sportafrigting behaal voor hy professioneel begin speel het en het al SARU en die Internasionale Rugbyraad se kursusse al gedoen. Saam met Pete en Nathan het Pierre al heelwat afrigtingsklinieke gedoen om hom voor te berei vir die taak wat op hom wag.

Terwyl hy vir Daniel beskou, voel Pierre 'n vlaag jaloesie deur hom spoel. Hy skuif ongemaklik rond. Hoekom nou? Hy het soveel hooi op sy vurk, hy kan nie nog 'n vroumens in sy lewe toelaat nie. Nie gou nie, in elk geval.

Pierre weet egter hoekom hy so voel. Soos Daniel is hy twee-en-dertig. Dit voel amper of sy biologiese klok hom aanmoedig om vrou te vat. Dat sy broer en suster albei baie gelukkig getroud is, help ook nie juis nie.

Vandat sy ouers die plaas verkoop het en Pretoria toe getrek het om naby hul kleinkinders te wees, is hul familie kuiers beide 'n vreugde en 'n pyn. Om sy broer en susters met hul wederhelftes te sien en sy nefies om hom rondhang, herinner hom elke keer daaraan dat hy die enigste een is in die familie wat nog enkellopend is. Selfs al sy verlangse neefs en niggies is al getroud met 'n string kinders.

Miskien is hy net nie gemaak vir die huwelik nie. Nog nie een van sy verhoudings het lank gehou nie. Monica was die langste en in die maande sedert Monica die pad gevat het, het hy weer probeer.

Miskien probeer hy te hard. Of miskien kies hy net die verkeerde vroue, knaag 'n stemmetjie in sy agterkop. Dis 'n sterk moontlikheid.

Toe die vroue opstaan en verby hulle stap, gly Melissa se hand oor Daniel se skouers. Daniel kyk op en glimlag vir haar.

Dis daardie spesiale soort glimlag wat verliefdes mekaar gee wat Pierre onwillig laat erken dat hy enigiets sou gee om so 'n verhouding te hê.

Pierre wens hy kan die brunet met die fyn sproetjies en oë wat hom aan poue herinner, uit sy gedagtes kry. Hy is seker dis haar skuld dat hy so melancholies voel as hy sien almal is so gelukkig.

Na die vrouens weg is, gee Daniel al sy aandag aan Pierre. Pierre herken al die ondeunde glimlag wat Daniel hom gee en weet sommer wat voorlê. Sy voorgevoel is reg aangesien Daniel in perfekte Afrikaans opmerk, "Hoekom klink dit of die wêreld op jou skouers rus? Dit kan nie wees omdat jy die boerpot geslaan het nie."

Pierre frons. "Boerpot? Met wat?"

Daniel lag uit sy maag. "*Coach* sê jy gaan die ballet-afrigter se assistent wees en alles demonstreer wat hulle wil hê ons moet doen."

Pierre gluur hom aan. "Ek moes my mond gehou het."

"Jy moes," skater Daniel van voor af. "Jy behoort darem teen die tyd al vir Tom Brady te ken. Jy stry nie met hom nie."

"Ek *moes* my mond oopmaak! Die ouens sou my nooit vergewe as ek nie vasgeskop het nie. Nou sit ek met die gebakte pere."

"Jip, ou Pierre." proes Daniel. "Jy sit met die gebakte pere. Of is jy nou die gebakte peer?"

"Ek wens jy het nooit Afrikaans geleer nie," brom Pierre. "Daar is niks erger as 'n Engelsman wat Afrikaans vlot kan praat nie."

Daniel glimlag net. Hy lyk so onverstoord soos altyd. "Ek het nie veel van 'n keuse nie. As ek in my aanstaande skoonfamilie se goeie boekies wil bly, moet ek Afrikaans praat. Gelukkig het ek oor die jare goed geleer. Ek kan nou darem al, danksy James Dube, ook al bietjie Sesotho praat maar ek moet erken, al probeer Amos Gcina ook hoe hard, ek kry net nie isiXhosa onder die knie nie. Daardie klikke kry my onder."

"Dis nie maklik nie. Gelukkig het ek met isiXhosa grootgeword op die plaas en ek moes Sesotho op hoërskool neem. Dit was die voordeel in die Afrikaanse skool. Julle Souties het mos nooit geleer nie. Julle was te fênsie – wou mos net Frans en Duits leer."

Daniel snork. "Jy gaan nie die argument wen nie. Ek weet dat jy net argumenteer om die aandag af te lei van die ballet af."

Pierre sug weer eens. Daniel is reg. Hy gaan nie wegkom met hierdie een nie en hy weet hy gaan nie die einde van dit hoor nie. Hy sal maar net die beste van 'n slegte saak maak en maak asof hy dit geniet.

Hy kyk op sy horlosie en staan op. "Dan laat ons dit oorkry. As ek alles opmors, sal hulle dalk iemand anders kies."

"Vergeet dit," sê Daniel vinnig terwyl hy ook opstaan. "Jy kan my nou nie van my pret ontneem nie. Ek wag al jare vir hierdie oomblik."

Pierre besluit dat dit beter is as hy niks sê nie. Wel, in elk geval nie oor die ballet nie. Terwyl hy en Daniel terugstap na die stadion, verander hy die onderwerp en gesels hulle oor die Springbokke se kans in die driehoekige toernooi tussen Australië en Nieu Seeland asook in die Wêreldbeker later die jaar.

Daar is 'n sprake dat nog 'n paar spelers hul stewels gaan ophang aan die einde van die jaar of na volgende jaar se internasionale kompetisie. Die spelers in Pierre se groep werk nou hard om hul pad boontoe oop te speel. Pierre sal nie verbaas wees as 'n paar van hulle nuwe kontrakte gaan kry nie.

Die Interprovinsiale toernooi lê om die draai. Dis Pierre se laaste kompetisie en hy gaan nie eens elke wedstryd speel nie. Dis tyd dat Patrick sy rol begin oorneem en die provinsiale kompetisie is die ideale geleentheid. Wel, dit was die plan voor

Jakes se besering. Pierre weet egter nou nie so mooi nie aangesien Patrick by die senior span betrek is na Jakes se besering.

Pierre weet nog nie hoe hy moet voel nie. Hartseer omdat dit sy laaste seisoen is of verlig omdat hy verlos gaan wees van seer lywe en kneusmerke elke naweek? Dalk die tweede een. Hy was al verlede jaar gereed om uit te tree en het hom daarop voorberei.

By die ingang na die kleedkamers skei Pierre en Daniel se paaie na hul onderskeie kleedkamers om te gaan verklee.

L andie parkeer haar motor by die rugbystadion. Dis so naby haar woonstel sy kon eintlik geloop het maar sy het 'n klas in die studio gehad voordat sy haar hierheen moes haas. Sy hoop Donnie is al hier.

'n Rugbystadion is beslis nou nie 'n plek wat sy gedink het sy ooit sou kom nie — veral nie om 'n balletklas te gee nie. Sy giggel ondeund, maar sy weet die gegiggel is meer van senuweeagtigheid as van amusantheid. Hoe moet sy nou 'n balletklas gee vir meer as veertig uitgevrete mans?

Sy kan wed dat die spelers gaan nog minder beïndruk wees met hierdie klas as wat sy is om dit aan te bied. Of hulle hul samewerking gaan gee, is te betwyfel.

Sy haal diep asem voordat sy uit die motor klim. As dit goed gaan vandag, is hierdie maar net die eerste van vier weke se klasse hier.

Gelukkig ken sy en Donnie mekaar goed want hulle het saam by die dansskool begin as tieners. Waar Landie oorsee gaan dans het, het Donnie se loopbaan 'n ander wending geneem. Hy het eers gesukkel met beserings en toe hy uiteindelik reg was, het hy homself al goed gevestig as 'n choreograaf en toe nog boonop die liefde van sy lewe ontmoet na 'n seisoen in Rusland.

Donnie gee al lank klas en as choreograaf konsentreer hy veral op moderne ballet.

Sy haal haar sak uit van waar sy dit op die agterste sitplek gelos het en sluit die motor. Voor haar moed haar begewe stap sy vinnig na die hoofingang van die stadion.

Haar oë beland op die paar ballet-tekkies wat sy aanhet en frons vies. Die goed is lelik, maar baie gemaklik en vandag is nie 'n dag om fyner skoene te dra nie.

Om haar aandag van haar lelike skoene af te lei, kyk sy op na die gebou wat voor haar uittoring. Dit lyk nogal indrukwekkend. Nie dat sy veel van rugby af weet nie. Beide haar ouers is in die kunste betrokke — haar ma ook 'n balletonderwyseres en haar pa 'n beeldhouer. Haar ma was self 'n ballerina in haar jonger dae en sy het nog steeds die postuur en bou wat menige jong danseres haar sal beny. Sy is nou in haar vroeë sestigs, en sy oefen nog steeds elke dag in die lokaal wat haar pa vir haar op die plaas ingerig het.

Landie se jonger suster dans ook en is al etlike jare betrokke by 'n moderne ballet-geselskap wat oor die wêreld heen reis. Haar suster net ouer as Landie is 'n pottebakker. Net haar oudste suster het 'n loopbaan buite die kunste gevolg en is 'n bekende prokureur in Johannesburg.

Toe Landie die deur oopstoot, sien sy dadelik Donnie raak waar hy noncholant teen die ontvangstoonbank leun. Landie skud haar kop. Donnie het nog niks verander sedert sy hom ken nie. Hy is nog steeds so sjarmant en flambojant en draai vrouens om sy pinkie — almal behalwe haar, natuurlik. Daarvoor ken sy hom te goed. Hy is te lief vir vrouens na haar smaak — en hulle vir hom. Sy het gedink dat hy sou ophou noudat hy getroud is, maar dit lyk nie so nie —nie as sy sien hoe die meisie agter die toonbank verwonderd na hom staar nie.

Landie is sommer geïrriteerd toe Donnie se maniere haar laat dink aan die man met die seegroen oë in die park. Sy het so gehoop om hom te vergeet maar hy duik op die onmoontlikste tye in haar gedagtes op. Sy onthou sy glimlag so goed, sy mooi oë, die diep, ryk stem en die ferme liggaam toe hy haar vasgehou het.

Nee gits. Dit sal nou nie deug nie. Sy moet regtig meer moeite doen om die man te vergeet. Met daardie gedagte trek Landie ferm haar skouers terug, loop nader en klap Donnie op sy skouer. "Hou op om met die meisies te flankeer. Ek dink nie jou vrou sou daarvan hou nie."

Donnie draai glimlaggend om en grinnik. "Landie, my lief. Moenie sê jy is jaloers nie."

Landie snork. "In jou drome, Donovan."

Donnie lag net en dan skielik wikkel hy sy wenkbroue en vra, "En toe, is jy reg vir die groot sterk manne om jou op te tel in hul gespierde arms?"

Landie frons sommer weer. "Jinne, kon jy my nie vroeër gewaarsku het nie? Toe vlug jy nog soos 'n lafaard voor ek jou kon konfronteer. In elk geval, wat se storie is dié nou? Ek weet niks van rugby nie. Hoe kan hulle nou by ons leer?"

Donnie skud sy kop verbaas. "Waar kom jy vandaan, Schoeman? Selfs ek ken rugby."

"Ja, maar jy is 'n man en jy was in 'n seunskool. Jy het dalk nog rugby ook gespeel vir al wat ek weet. Ek, aan die ander kant, is 'n produk van twee kunstenaars en ek het net drie susters en twee vriendinne. Niks macho manne in my lewe nie."

Donnie lag. "Moenie dat daardie swaer van jou dit hoor nie! Maar jy is reg. Ek *het* rugby gespeel. Nogal by die Engelse seunskool net hier om die hoek. En jy weet wat? Die huidige klubkaptein van die Buffels was die hoofseun die jaar toe ons in matriek was. asook die rugbykaptein in die twee jaar wat ek rugby gespeel het. Nie dat ek op sy vlak was nie. Daarvoor was Daniel Cooper in 'n klas van sy eie."

Hul gesprek word onderbreek deur 'n lang man so in sy

middel-dertigs wat homself voorstel as Nathan Sinclair, die hoëprestasiebestuurder by die Buffels. Landie het geen idee wat dit beteken nie, maar wat sy kan aflei van die gesprek tussen hom en Donnie terwyl hy hulle na die lokaal neem waar die klas gaan plaasvind, is dat hy een of ander ekspert is met fiksheid. Dit was blykbaar sy idee hierdie.

Landie stap heel laaste in die lokaal in wat al klaar vol staan met spelers geklee in stywerige kleefbroeke met 'n rugbybroekie bo-oor en help-my-sterk-lyk hempies wat nie veel van hul gespierde liggame bedek nie.

Almal van hulle het kouse aan, wat bewys dat hul seker na Donnie se instruksies geluister het. Landie probeer hard om nie na hulle te staar nie, maar hel, die ouens het *lywe*. Sy is gewoond aan balletdansers in sulke stywe klere maar die ouens is *hee-e-eltemal* anders gebou. Hulle sal haar sommer maklik kan lig maar hopelik gaan dit nie vinnig gebeur nie.

Met 'n kopknik van Donnie, draai Landie om na die muur en trek haar los sweetpakbroek en T-hemp uit en glip die sagte romp aan wat amper tot by haar kuite hang. Sy luister hoe Donnie homself voorstel en dan met sy lesing begin. Madame was reg. Dis duidelik dat Donnie al vantevore klas gegee het vir mense wat nie ballet doen nie. Miskien was hy die regte persoon om die klas te doen, veral omdat hy wel al rugby gespeel het.

Hy het blykbaar 'n kopie van die oefenprogram van die Buffels gehad, en weet wat hul opwarmingsoefeninge behels. Teen die tyd dat sy gereed is, begin Donnie alreeds met die opwarmingsoefeninge. Landie maak nie oogkontak met die spelers nie. Daar is te veel van hulle in elk geval. Sy konsentreer op haar eie opwarming. Teen die tyd wat hulle klaar is met die opwarmingsoefeninge, glinster 'n lagie sweet alreeds oor haar arms wat bewys dat die opwarmingsklas sy doel gedien het.

Die volgende is strekke. Dit is hier waar die ooreenkomste al hoe duideliker word. Gewoonlik sou sy by die barre begin, maar aangesien daar nie so 'n fasiliteit hier is nie en daar in elk geval te veel ouens is om selfs die muur te gebruik, doen hulle die strekke op die plek waar hulle is. Terwyl Landie demonstreer, loop Donnie tussen die spelers om hulle posisies te verbeter. Hy verduidelik die belangrikheid van elkeen voordat hulle na 'n volgende strek beweeg. Die meeste van die strekke konsentreer op soepelheid en die omvang van beweging en duur elk so tussen tien en sestig sekondes. Die eerste een is om vooroor te buig en haar tone te raak en alhoewel sy dit doen, kan Landie selfs uit haar onderstebo posisie sien dat dit nie 'n probleem vir die ouens is nie.

Hulle sukkel ook nie met die skouerstrekke en -rolle, asook die beenstrekke waar hulle op hul rûe lê en hul been strek en tot teenaan hul borste bring, nie. Dit is slegs toe hulle moet split. Sy hoor die ouens se gemompel en selfs 'n paar kreune en klagtes, maar gelukkig konsentreer Donnie nie te veel op splitte nie. Sy twyfel dat hierdie ouens dit dalk sal nodig hê.

Hopelik nie!

Terwyl hulle sweet afvee, konfereer Donnie met Nathan Sinclair. Nathan trek die ouens se aandag en almal bestudeer hom in stilte. Almal, behalwe een man.

Sy oë bly vasgenael op Landie.

3

Pierre draai na die ingang waar die persone wat die balletklas gaan aanbied, so pas ingekom het. Hy frons sommer vies toe hy die langerige, skraal man sien wat saam met Nathan is maar dan draai Nathan weg en sien hy haar.

Pierre snak na sy asem. Dit kan nie wees nie.

Sy oë bly op haar gevestig om seker te maak dat hy nie droom nie. Sy oë gly oor haar fyn gelaatstrekke, en tot sy skok kan hy elke gelaatstrek duidelik onthou. Haar hare is vandag in 'n bolla in haar nek vasgebind in plaas van die poniestert maar dit het dieselfde effek. Dit laat haar lang, slanke nek oop sodat hy die vorm kan bewonder. Sy dra ook nie vandag grimering nie en alhoewel sy 'n entjie weg is, weet Pierre dat daar fyn sproetjies oor haar wangbene en neus versprei lê.

Vandag kan hy ook verstaan hoekom sy so grasieus gelyk het terwyl sy weg gedraf het. Hy het daaroor gewonder maar nou weet hy dat die stappie wat hy eers vreemd gevind het, moontlik 'n resultaat is van jare se ballet. Haar rug is penreguit, en haar treë neig na buite. Hy glo dat sy onbewus is daarvan maar hy vind selfs dit aantreklik.

Hy kyk nie een keer weg terwyl sy verklee nie en moet hard sluk aan die skielike speeksel in sy mond toe sy 'n wasige lang romp aanglip voor sy die sweetpakbroek uittrek en regop kom. Haar lang slanke bene is nou duidelik sigbaar onder die romp.

Hy swets onderlangs toe sy vooroor buk om haar skoene te vervang.

Hy het vir twee weke oor haar gedroom en gefantaseer en hier is sy so wraggies, reg onder sy neus.

En dan besef hy skielik dat hy die korste lootjie getrek het en dalk moontlik met haar moet praat en met haar moet iets demonstreer.

Hy kan eers nie besluit of karma aan sy kant is nie maar dan grinnik hy. Die noodlot het haar nou op sy pad gebring. Hy wonder net of die noodlot nie moontlik 'n vreemde sin vir humor het nie.

L andie kry daardie snaakse gevoel wanneer dit voel asof iemand vir jou staar. Sy lig haar kop en laat haar blik oor die vertrek gly.

Teen die muur leun 'n blondekop vrou. Sy is formeel geklee in 'n swart knielengte rompie, 'n wit hemp en swart hakskoene met haar hare formeel met 'n knip in haar nek vasgemaak. Sy is egter in gesprek met 'n aantreklike donkerkop man wat rustig luister na die vrou se entoesiastiese gesprek. Dit is dus nie enige van die bestuurspan wat na haar kyk nie en dis ook nie Donnie nie aangesien hy nog steeds met die fiksheidsdeskundige en die afrigters gesels.

Haar blik beweeg verder na waar die groep spelers staan en met mekaar korswel.

Vir die eerste keer sedert sy die vertrek ingekom het, maak Landie oogkontak met een van die spelers. Sy trek haar asem skerp in toe sy hom herken. Daar is geen twyfel dat hy haar ook herken het nie want hy bestudeer haar met 'n geamuseerde glimlag.

Sy vererg haar sommer toe die man nog boonop die vermetelheid het om vir haar te knipoog!

Landie draai haar kop vinnig weg toe Donnie haar naam noem. Sy hoor dat Nathan 'n paar spelers op die naam noem, maar sy gee nie aandag nie. Sy is nog te geskok om die man van die park hier te sien. In oefenklere.

Haar brein wil nie so lekker saamwerk nie maar sy sien hoe Nathan twee rugbyballe vir twee van die spelers gooi en dat twee ander spelers aan die ander kant staan en wag. Die twee spelers met die balle in hul hande lig die bal op, hoog bo hul koppe en gooi dit in die rigting van die twee spelers wat wag. Die balle is so hoog gegooi dat die twee wagtende spelers moet spring om die bal in die hande te kry.

Landie se oë rek. Die ouens is lank maar dis nie wat haar beïndruk nie. Nee, dis die veerkrag in hul bene. Sy sien hoe hul spiere saamtrek en hul dan opskiet om die balle sekuur te vang. Sy volg hul landing en die manier waarop hulle weer platvoet op die grond beland. Die een is meer grasieus as die ander een, maar sy sou graag wou sien dat hulle minder platvoet land. Sy onthou *Madame* Rouxbaix se instruksies wat nog al die jare in haar kop vassteek: "*Toe, ball, heel!*"

Donnie fluister skielik langs haar, "Hoor jy ook Madame Rouxbaix se stem in jou kop?"

Landie lag saggies, "Ja, nogal. Ek dink ons moet kyk of ander dit ook doen. Miskien moet hulle bietjie ruil."

Donnie knik en stap weg om met Nathan te praat. Nathan skree weer instruksies vir die groep, en twee ander spelers neem die plekke van die vorige twee. Een van hulle is die man van die park. Landie vang weer sy oë toe hy haar beskou.

Die man langs hom stamp hom teen die skouer en hy gluur die speler aan voordat hy vorentoe kyk vir die speler wat die bal na hom toe moet gooi. Landie staan verwonderd. Nie net is die man 'n plesier vir die oog nie, maar hy is ook besonder atleties. Sy bewegings is grasieus behalwe vir sy landing. Die is net so platvoet soos die ander spelers. Sy ys om te dink wat daardie impak op hul knieë en enkels het.

Donnie sug. "Goed, ek het genoeg gesien. Ek weet julle ouens dink nou nie so nie, maar rugby en ballet het nogal baie dinge in gemeen. Neem byvoorbeeld die spronge en landings. Julle doen dit gereeld in die lynstane, net soos ons dit doen, waar julle jul spanmaat moet oplig in die lynstaan en hom ondersteun sodat hy sy werk behoorlik kan doen. Kom ek wys julle. Landie?"

Landie beweeg nader en staan langs Donnie en neem die klassieke ballethouding in. Die *plie* posisie is outomaties en so deel van haar soos om asem te haal. Op sy ligte telling, doen hulle 'n *saute,* 'n eenvoudige sprong om hul veerkrag en liggaamsposisie te demonstreer. Die onderlangse mompeling onder die mans raak stil en hulle hou die twee dansers fyn dop.

"Weer?" vra Donnie met 'n skalkse glimlag en Landie knik. Op sy teken doen hulle dit weer. Hierdie keer hou die manne hul voete dop. Een van die spelers frons. "Hoe hou julle jul lywe so stil?" vra hy skielik.

Donnie lag. "Onthou, vir ons gaan dit oor grasie maar die geheim tot 'n sprong in ballet is nie regtig so 'n groot geheim nie. Dit is harde werk om dit reg te kry maar dan is dit soos omtrent elke ding in dans: postuur, die verhouding tussen jou skelet na die swaartepuntlyn en die basis van ondersteuning. Die regte houding verminder die stres op spiere en gewrigte en solank jy die regte tegnieke gebruik. En oefen, oefen, oefen!"

Die res van die klas werk hulle meer op enkel- en kernoefeninge. Gelukkig kry Landie dit reg om nie enige oogkontak met die man van die park te maak nie.

Die oomblik toe Donnie die klas verdaag, gryp Landie haar

sak. Sy waag nie eens om te verklee nie en hardloop byna uit die stadion uit, natuurlik tot groot verbasing van Donnie. Landie gaan egter nie 'n kans waag om daardie man te konfronteer nie. Sy het sy kyke gesien en hy het haar alreeds genoeg ontsenu.

G ewoonlik is sy reaksie nie so stadig nie. Pierre mik nog in haar rigting maar hy het nog nie eens 'n tree beweeg nie toe het sy al haar sak gegryp en die hasepad gekies. Vir 'n oomblik oorweeg hy dit om haar te volg maar 'n hand op sy arm keer hom.

Hy draai sy kop en vind Daniel se oë op hom. Daniel lyk duidelik geamuseerd toe hy vra, "Gaan jy nog steeds baklei om die balletonderwyseres se assistent te wees?"

Pierre frons, "Hoekom vra jy?"

Daniel lag. "Want ek het jou reaksie gesien toe die vrou hier instap. Ken jy haar?"

Pierre bloos en skud sy kop., "Ek het so twee weke gelede in haar vasgehardloop in die park maar ek weet nie wie sy is nie. Wel, ek het nie. Ten minste weet ek nou dat haar naam Landie is."

Daniel kyk hom nadenkend aan voordat hy nog steeds glimlaggend vra, "En wil jy meer weet?"

Wil hy meer weet? Wil hy haar leer ken?

As hy in ag neem oor hoeveel keer hy aan haar gedink het die laaste twee weke is die antwoord ja. Maar moet hy? Daarvan is Pierre nog nie seker nie.

Hy trek sy skouers onseker op en kyk af na sy voete. "Ek weet nie. Jy weet hoe besig is my skedule hierdie jaar. Daar is nie tyd vir 'n vrou in my lewe nie."

"Pierre?"

Pierre kyk weer op na Daniel toe hy sy naam noem, nou ernstig.

"As dit die regte een is, *maak* jy tyd."

"En hoe weet ek dit is die regte een?"

Daniel glimlag. "Jy weet dit net. Jy hoef nie daaroor te wonder nie. Die oomblik wat jy haar sien, die oomblik wat jy in haar oë kyk, dan sal jy haar herken."

Daniel se antwoord tref hom soos 'n vuishou in die oë.

Daniel jok nie. Pierre kan mos presies onthou hoe hy gevoel het die oomblik toe hy in Landie se oë gekyk het in die park. En dit maak hom nog steeds bang maar ook opgewonde. Wat as sy regtig die een is? Die een waarop hy klaarblyklik al die jare reeds wag?

Hy sug gelate.

Want dan het hy moeilike taak wat vir hom wag.

Daardie klein ballerina hou duidelik nie van hom nie.

Daniel lag en klap hom op die skouer. "As jy wil weet waar sy bly, vra my net."

Pierre frons na hom terwyl hulle na die deur toe aanstap. "Hoe weet jy? Ken jy haar?"

Daniel skud sy kop nog steeds geamuseerd. "Nee, ek ken haar nie en ek het haar nog nie vantevore ontmoet nie, maar ek is nogal goed met afluistery. Jy weet dat Ryan Foster so pas in sy nuwe huis ingetrek het en sy woonstel in jou kompleks verhuur?"

Pierre knik, "En?"

Daniel grinnik. "En ek het gehoor toe Ryan vir Nathan vertel dit is sy niggie en haar twee vriendinne wat die woonstel huur."

'n Lig gaan skielik vir Pierre op. "En Landie is Ryan se niggie?"

Daniel skud sy kop. "Nee, sy niggie is blykbaar Sonja maar Landie is een van die vriendinne."

Pierre knik ingenome. Sy brein werk so oortyd dat hy nie eens bewus daarvan is dat hy nie eens vir Daniel dankie sê vir die brokkie inligting nie of dat hy in sy span se kleedkamer inloop sonder om Daniel te groet nie.

Al waaraan hy kan dink is hoe hy dit gaan regkry om Landie beter te leer ken.

P ierre voel al soos 'n afloerder maar sover het hy nog geen sukses nie. Natuurlik kon hy dit vir homself makliker gemaak het en direk na hul woonstel geloop het en hom gaan voorstel het. Miskien moes hy 'n koppie suiker gaan leen het of vir hulle 'n bottel wyn gevat het om hulle welkom te heet — soos dit 'n goeie buurman sou betaam het.

Maar nee, hy vat mos die lang paadjie. Seker omdat hy nog nie seker is dat hy die regte ding doen nie. In plaas van Tom Brady se wedstrydplanne te bestudeer, draal hy in die kompleks rond in die hoop om Landie of haar twee huismaats te sien.

Dit is eers die Sondag na die balletklas dat die geluk aan sy kant is. Van Landie is daar geen spoor nie, maar Sondagmiddag, na hy van middagete saam met sy familie af teruggekom het, stop hy oomblikke na haar vriendinne in sy parkeerplek. Pierre se hart klop vinniger. Nie oor die twee meisies nie want, alhoewel hulle beide aantreklik is, doen hulle nie veel vir hom nie. Dis meer oor die geleentheid wat dit hom bied om homself aan hulle voor te stel en dalk, net dalk, kan hy 'n uitnodiging na hul woonstel bewerkstellig en sodoende vir Landie weer sien.

En hopelik kan hy hierdie keer 'n beter indruk maak.

Hy haal diep asem en maak die deur oop. Hy flits 'n glimlag in hul rigting en wuif. Hy klim haastig uit en sluit die motor agter hom en voor sy moed hom begewe stap hy in hul rigting.

Hy steek sy hand na die blondekop meisie die naaste aan hom toe uit en sê, "Goeie middag. Ek is Pierre Basson, een van Ryan se spanmaats. Ek verstaan dat sy niggie en haar vriendinne sy woonstel huur en ek wil julle net welkom heet."

Die blondekop glimlag en beduie na die donkerkop langs haar. "Dis reg. Aangename kennis. Ek is Amanda en dis Sonja, Ryan se niggie. Ons ander vriendin, Landie, is seker in die woonstel."

Pierre skud Sonja se hand en dan erken hy blosend, "Ek het al vir Landie ontmoet."

Die twee kyk vlugtig na mekaar en bestudeer hom dan geamuseerd. "Hoe het julle ontmoet?"

Hy tree ongemaklik van een voet na die ander voordat hy toegee, "Ek het so twee weke terug in haar vasgehardloop in die park en toe het ek haar in die week gesien toe sy ballet by die stadion aangebied het."

Beide bars uit van die lag. "Landie het vir ons van die balletklas vertel. Ek wens ek kon Ryan sien ballet doen."

Pierre grinnik maar moet bieg, "Ons het nie regtig ballet gedoen nie. Wel, nog nie maar ja, ek dink dit sal nogal 'n gesig wees om Ryan te sien ballet doen. Maar soos ek die ou ken sal hy dit doen sonder om te blik en te bloos."

Sonja knik. "Jip, dis Ryan daardie."

Amanda pomp vir Sonja in die ribbes en gee haar 'n kyk. Dis iets wat Pierre nog nooit kon verstaan nie — daardie gesprekke wat vroue kan voer deur mekaar net 'n sekere kyk te gee. Hierdie keer werk dit egter tot sy voordeel wanneer Sonja aanbied, "As jy nie haastig is nie, is jy dalk lus om koffie te kom drink? Ek is seker Landie sal bly wees om jou te sien."

Amanda onderdruk 'n glimlag maar Pierre laat hom nie afskrik nie en knik dadelik. "Dankie, dit sal lekker wees."

Geselsend begin hul aanstap na hul woonstel. Pierre het net nodig om hulle te vra wat hulle doen en dan babbel die twee. Hy luister geduldig terwyl hulle die deur oopmaak en vir hom beduie om in te kom en deur te stap na die sitkamer.

En dan is sy daar en hy verstil oombliklik.

En hel, hy weet op daardie oomblik dat hy in groot moeilikheid is.

L andie se oë rek toe sy die man sien wat voor Sonja en Amanda die sitkamer instap. Sy vergeet amper om asem te haal toe haar oë daardie vreemde kleur oë ontmoet en hy hare gevange hou. Hy trek eers sy kop weg toe Sonja hom vra of hy wil koffie drink. Hy antwoord Sonja maar die volgende oomblik draai hy na Landie en glimlag.

Haar hart slaan 'n slag bollemakiesie voordat dit fladderend weer sy normale plek inneem. Sy is bewus dat hy sy hand uitsteek en in daardie diep, betowerende stem sê, "Ek weet ons het mekaar nou al twee keer gesien maar ek is bly om jou weer te ontmoet. Maar hierdie keer kan ek myself darem voorstel. Ek is Pierre Basson. En ek weet darem nou al jy is Landie."

Verbouereerd as wat Landie al klaar is om die man wat letterlik verlede week haar voete onder haar uitgeslaan het hier in hulle sitkamer te sien, reageer sy soos 'n moroon. Sy ignoreer sy hand en gee hom sommer 'n drukkie.

Aarde sluk my in, dink sy skielik toe sy besef wat sy doen. Dis haar plaas maniere wat nou sommer sterk deurkom. Sy hoor sy laggie in haar oor toe hy saggies sê, "Ek hou van 'n meisie wat drukkies kan gee. En jy doen dit perfek."

Landie wil terug staan, maar o wee, die man het sy arms om haar gesit en ja, sy drukkie is net so perfek. Sy trek haar asem diep in, vul haar longe met sy geur — skoon, speseryagtig en dit lok haar uit om haar neus teen sy lyf te druk en haar kop teen sy bors te leun.

Landie besef nou eers hoe groot die man is. Sy is nou nie die kleinste — of eerder kortste meisie in die land nie. Sy is 'n ballerina wat net-net nie te lank was om solis-rolle te kry nie. Haar lengte was nog altyd 'n voordeel maar dis niks in vergelyking met syne nie. Slegs met haar hoogste hakskoene sal sy miskien by Pierre Basson se skouer bykom.

Die gewaarwording dat hy haar nog steeds vashou en dat sy nogal daarvan hou, tref haar onverwags. Verbouereerd druk sy haar hande teen sy bors en stoot hom weg voordat sy nog iets simpel aanvang. Sonder om sy of haar huismaats se oë te ontmoet, glip sy om hom en verdwyn na haar kamer.

Hy roep haar naam maar Landie ignoreer dit. Sy gelate sug tref haar nogal hard maar sy kan nie stop nie.

Die oomblik wat haar kamerdeur agter haar toe klik, leun sy met haar rug teen dit en maak haar oë toe. Haar gedagtes is nog steeds op daardie oomblik gevestig toe Pierre haar teen hom vasgehou het en hoe veilig en beskermd sy gevoel het, so asof dit die plek is waar sy nog altyd moes wees.

Sy blaas haar asem stadig uit.

Wat het nou net gebeur?

Dit kan Landie nog nie verklaar nie. Al wat sy weet is dat sy so ver moontlik van Pierre Basson af moet wegbly as sy haar hart wil beskerm. Sy sien nie weer kans vir daardie seerkry nie.

4

"Goed, ons het blykbaar 'n vrywillige speler wat saam met Landie gaan demonstreer vandag."

Donnie is geamuseerd terwyl hy na die groep spelers kyk. Landie draai weg van hom om ook na die groep te kyk. Die spelers begin lag en roep tergend, "Kom nou, Kaptein. Nou is jou kans," of "Kom, Kaptein, wys ons jou vonkel voete."

Voor Landie nog verder kan wonder oor die persoon wat so gewillig is om sy naam krater te maak voor al sy vriende, tree van die spelers weg en dan is hy daar.

Pierre Basson. Die park man. Hul buurman.

Aarde tog. Hoe gaan sy dit maak?

'n Glimlag krul om Pierre se mondhoeke as hy nader stap, sy oë op haar die hele tyd gevestig. Landie voel asof sy nie kan asemhaal nie. Die spanning en afwagting bou op met elke tree wat hy nader aan haar loop. Reg voor haar stop hy en dan buig hy skielik diep voor haar en fluister, "Tot u diens."

Sy laaste gebaar veroorsaak 'n dawerende applous en 'n gelag van sy spanmaats.

Landie frons vererg. As hy dink hierdie is 'n grap ...

Dis egter tot hoe ver haar gedagtes kom want die volgende oomblik kom hy regop en kyk sy weer vas in daardie snaakse seegroen oë wat haar slapelose nagte besorg. Jinne, maar hy is mooi, flits deur haar gedagtes wat skielik oorbewus is van elke nuanse van sy gesig.

'n Skerp fluit ruk haar terug uit haar belustige beswyming en sy breek oogkontak met hom. Hy knipper sy oë asof hy in dieselfde beswyming was. Miskien was hulle want dit het op daardie oomblik gevoel asof die wêreld net uit die twee van hulle bestaan.

Sy sluk en tree terug, net om 'n bietjie afstand van hom af te kry.

Nie dat dit gaan help nie want binne die volgende paar minute gaan sy hom moet toelaat om aan haar te raak en haar op te lig. Om dit te kan doen moet sy hom vertrou en sy moet konsentreer sodat nie een van hulle gaan seerkry nie.

Landie haal diep asem. Een keer en dan 'n tweede en derde keer voordat sy meer in beheer voel. Sy draai haar kop na Donnie wat haar stil bestudeer en dan knik sy. Eers dan draai Donnie na die spelers en sê, "Nou goed. Laat ons begin."

Landie voel Pierre se liggaamshitte toe hy agter haar gaan staan. Sy hoor sy asem in haar nek en voel weer die rilling langs haar ruggraat afgly toe hy in haar oor fluister, 'n duidelike laggie in sy stem, "So, hier is ons weer, Sproetjies."

Landie vererg haar onmiddellik maar sy weet dis eintlik omdat sy vies is vir haarself. Hierdie man mag aantreklik en sexy wees maar sy kan nie toelaat dat haar gedagtes enigsins na hom dwaal nie. Hy is groot moeilikheid. En boonop 'n getroude man met kinders.

Sy dink nie eens twee keer nie en swaai haar arm terug en slaan hom in sy maag. Sy hoor die duidelike "Oemf!" toe haar elmboog sy maag tref en voel hoe sy hitte effens van haar weg beweeg. Sy ignoreer Donnie se verbaasde kyk in haar rigting, asook die van die spelers wat haar en Pierre geamuseerd dophou. Iewers van Landie se linkerkant vra 'n man, "Is daar 'n probleem, Kaptein?"

Pierre se stem klink effens heserig toe hy agter haar praat. "Nee, *Coach*. Als reg."

Die volgende oomblik is hy terug agter haar, maar nou nader as tevore. Landie sluk. Miskien was dit nou nie die slimste idee wat sy al ooit gehad het nie, veral nie toe sy weer sy diep laggie in haar oor hoor nie.

Donnie draai na die groep spelers en verduidelik, "In ballet praat ons van 'n *pas de deux*, wat 'n dans is vir twee dansers, gewoonlik 'n man en vrou. Daar is gewoonlik 'n deel waar die manlike danser die ballerina moet oplig. Hier gaan dit nie net oor die krag in die arms van die manlike danser nie. Jy moet jou bene sowel as jou arms gebruik. As jy net op jou arms steun om jou dansmaat te lig, gaan jy bes moontlik jou rug gebruik om te help. Dit kan gevaarlik wees. Dis waarom jy moet seker maak dat jou bene net so sterk soos jou arms is. Nou nie dat julle ouens daardie probleem het nie," lag hy maar vervolg dadelik, "As jy weet hoe om jou bene en arms te koördineer op watter manier die choreografie van jou vra, kan jy jou beserings verminder en meer effektief dans."

Dit lyk darem nie of die ouens te verveeld is nie, want Donnie gaan sommer voort, "Vir 'n manlike danser is dit belangrik dat jy aandag aan jou dansmaat gee. Jy moet seker maak sy is gebalanseerd met haar *pointe* wanneer sy veronderstel is om te wees. Ek sien julle kyk my so verward aan." Hy draai na Landie en beveel, "Lig jou been dat hulle die punt van jou skoene kan sien."

Landie voer outomaties sy bevel uit terwyl Donnie verder verduidelik. "Landie dra vandag *pointe*-skoene. Hierdie skoene help 'n ballerina om te balanseer, draai, huppel, spring, en vir langer tydperke op die punte van haar tone te kan deurbring.

Gedurende *'n pas de deux* moet die manlike danser haar ondersteun. Hy moet die een wees wat die lig kontroleer sodat hy die situasie kan red as daar iets verkeerd gaan. Ek belowe julle, daar gaan gewoonlik iets verkeerd. Dis normaal maar dis waarom ons oefen. As jy op iets anders fokus, gaan jy foute maak en dit kan beserings tot gevolg hê. Dis belangrik dat jy al jou aandag aan haar skenk."

"Dit sal nie 'n probleem wees nie, Sproetjies. Jy't klaar al my aandag," fluister Pierre in haar oor.

Landie se elmboog mik weer na sy maag maar die volgende oomblik gly sy vingers warm en ferm oor haar elmboog om te keer dat sy hom weer kap.

Donnie praat weer, wat keer dat Landie iets meer onverantwoordeliks doen, veral toe Pierre se vingers liggies oor haar arm streel terwyl hy nog steeds haar elmboog in sy palm vashou.

"As haar dansmaat, moet jy sorg dat jy vir haar wys dat jy stabiel is en dat sy jou kan vertrou."

Landie snork onvroulik, wat weer 'n laggie van Pierre ontlok.

"Jy moet onthou, sy plaas letterlik haar lewe in jou hande wanneer jy haar oplig. As jy haar laat val, kan sy niks doen nie. Sy gaan hard val, en daar is nie gras om haar landing sagter te maak nie. Dis harde vloer so die feit dat sy toelaat dat jy haar so hoog lig, veral met een hand, is 'n bewys van haar vertroue in jou."

"Gewoonlik in 'n balletgeselskap werk een manlike danser met net so twee of drie van die vroulike dansers. Neem nou vir my as voorbeeld. Ek's nogal lank op 1,88 meter alhoewel nou nie so lank soos 'n paar van julle ouens is nie. As gevolg van my lengte het ek gewoonlik met die langer meisies soos Landie gedans."

Pierre lag agter haar. "Sy is nie lank nie."

Landie wil haar vererg en argumenteer maar dan besef sy dat dit futiel gaan wees. Die man is duidelik langer as sy want haar skouer raak skaars aan daardie breë borskas.

Gelukkig hoef sy niks te doen nie want Donnie skud sy kop en lag. "Ek gaan nie met jou stry nie maar vat maar my woord. Vir 'n ballerina is Landie lank. Onthou hoe dit voel om byvoorbeeld vir Mark in die lynstaan te lig. Dis 'n uitdaging vir enige speler. Hoe langer die persoon se bene en lyf is, hoe meer liggaam moet jy kan koördineer. Dis dieselfde in ballet. Jy moet gereeld met 'n dansmaat oefen sodat jy haar liggaam en bewegings leer ken. Dit maak dit net makliker."

"Hmm ...," sê die man agter haar.

Voordat hy enigiets anders kan sê, swaai Landie haar kop na hom en sis, "As jy nog een woord sê, gaan ek nie verantwoordelik wees vir my dade nie."

Sy glimlag word net breër en hy fluister saggies, "Beloftes, beloftes..."

"As julle twee klaar geflirteer het, kan ek aangaan?" vra Donnie vir Landie en die buffel agter haar.

Landie gluur hom aan en ignoreer die gelag wat sy opmerking van die spelers ontlok het. Hulle almal bestudeer haar en die man geamuseerd. Landie vererg haar sommer weer, veral toe Donnie sê, "Dis belangrik dat jy in jou dansmaat se goeie boekies wil bly. Daar is niks so erg soos 'n slegte atmosfeer tussen dansmaats nie."

Voordat Landie kon keer, snou sy hom toe, wat natuurlik net nog 'n groter gelag veroorsaak van die spelers se kant, "Kry dan iemand anders as hierdie ... .hierdie ... buffel."

"Maar Landie, my skat, hulle is almal Buffels," argumenteer Donnie met 'n breë glimlag.

Landie kan voel hoe die ou agter haar ruk soos hy lag maar gelukkig hou dit op toe die ou wat Donnie die eerste dag gegroet het vir hom sê, "Lyk my jy het jou aanslag verloor,

Kaptein. Miskien moet ons vir een van die ander ouens 'n kans gee."

Landie draai haar kop om die man agter haar se reaksie te sien en sy is verbaas toe hy die ou wat hom aangespreek het 'n vuil kyk gee. "Nee. *Coach* het gesê dis my straf. Ek sal my straf dra soos 'n man."

Een van die ander spelers terg hom ook, "Maar Kaptein, gee een van ons 'n kans, man. Sy is darem baie mooi en dit lyk nou nie asof sy so baie van jou hou nie. Dalk het een van ons 'n beter kans met haar."

Landie voel hoe sy vingers om haar elmboog verstyf toe hy die spreker toesnou, "Dis genoeg. Ek is nou hier."

Hy draai sy kop na Landie en vang weer haar oë vas met daardie snaakse seegroen oë, voordat hy sagter sê, "Ek het nog nie kans gehad om vir haar te wys dat sy my kan vertrou nie."

Landie is so half verlore. Sy weet nie hoe om te reageer op daardie verklaring nie. Dit voel so amper vir haar asof hy meer wil sê met daardie woorde. Maar dan onthou sy weer sy vrou en tweelingseuntjies en sy draai vinnig haar kop weg. Sy sien nou eers dat die hele groep, Donnie ingesluit, hulle twee aandagtig en met breë glimlagte beskou. Landie bloos bloedrooi en verwens Pierre Basson. Sy het jare gelede opgehou bloos. Hoekom nou, met hierdie man?

Sy laat sak haar kop en neem so paar keer diep asem.

Sy weet hoekom. Hierdie man maak gevoelens in haar wakker wat geen man nog kon regkry nie maar sy weet dat daar niks van gaan kom nie. Hy is getroud met kinders. En sy wat Landie Schoeman is, is nie 'n huisopbreker nie. Daarvan kan geen mens haar beskuldig nie.

Nie weer nie.

Sy draai haar kop ferm na Donnie en sê, "Wil jy hê ons moet iets demonstreer of is ons klaar vir die dag?"

Donnie bekyk haar stil voordat hy sy kop knik en Landie

weet dat hy dit nie daar gaan los nie. Sy gaan geen keuse hê as om vir hom die waarheid te vertel nie. Hulle het nog 'n lang pad om saam te stap en sy weet hoe belangrik dit is wat hy vroeër gesê het, die absolute waarheid is. Vertroue tussen dansmaats is belangrik. Baie belangrik.

Donnie wend hom na die man agter haar en sê, "Goed, kom ons gaan aan. Ons gaan vandag eers net meer eenvoudige demonstrasies doen sodat jy die gevoel van Landie kan kry. Die eerste wat ons gaan doen, is die 'vinger-draai'."

Hy draai na die groep spelers wat hulle nou aandagtig beskou, "Wanneer 'n danser in ballet vinnig draai noem ons dit *pirouettes*. Die rede hoekom ek dit vir julle demonstreer is sodat julle kan sien hoekom ek so konsentreer op die enkel-oefeninge. Hou Landie se voete dop."

Landie draai haar rug op die man en kyk na die groep spelers wat voor haar staan. Sy lig haar regterarm toe Donnie vir die man agter haar sê, "Staan hier, en lig jou regterarm ook op," terwyl hy hom in posisie plaas skuins agter Landie.

"Kyk vorentoe en strek nou jou linkerarm na die kant. Dis reg, so," beduie Donnie terwyl hy Pierre se hand in 'n posisie plaas waar Landie haar hand teen syne kan druk. "Landie," gee hy haar die teken om te demonstreer.

Landie neem diep asem en doen drie *pirouettes*. Pierre staan so styf, dat Landie sy spanning kan voel. Sy wil glimlag, want sy kan voel hoe hy haar benoud dophou, veral toe Donnie sê, "As jy jou hand so effens afdruk teen hare, kan Landie jou beter voel. Dit sal haar kans gee om meer te fokus op haar draai. Landie, nog een keer maar met so ses of sewe *pirouettes*.

Landie staan weer reg, en Pierre staan agter haar in dieselfde posisie as tevore. Toe hy sy regterhand uithou, draai Landie haar kop na syne en sê, "Druk jou regterhand so effens af. Nie so hard nie. Goed, dis reg," toe sy voel dat sy druk stewig genoeg is.

Hierdie keer doen Landie ses *pirouettes*, en toe sy omdraai vir die sewende, vang haar oë Pierre s'n vas en onmiddellik verloor sy balans. Voordat sy kan val, voel sy dat sy linkerhand hare los en die volgende oomblik land sy hand op haar heup en trek hy haar teen hom vas. Hulle oë hou mekaar s'n vas totdat hy fluister, "Is jy reg?"

Landie bloos en stoot haar vinnig weg van hom af. Sy hoop hierdie klas eindig baie gou en sy hoop regtig dat hy vrede maak met sy *Coach* dat sy volgende week nie so naby aan hom hoef te staan nie.

P ierre sluk swaar. Hel, hy het nie gedink dit gaan so moeilik wees om haar so vas te hou en niks verder te doen nie. En skielik slaan die besef hom hard.

Hy *wil* haar stywer vashou. Vir veel langer as daardie paar sekondes wat hy dit kon doen. En hy wil haar soen. Lank en diep. En hy wil in haar oë kyk wanneer hy haar syne maak.

Jis. Dis nou sommer verspotte gedagtes oor 'n meisie wat hy vandag eers vir die vierde keer sien en duidelik niks van hom hou nie. As hy nou sy kop gebruik het sou hy eerder een van die ander ouens kans gee om met haar te dans maar net die blote gedagte daaraan dat enigeen van hulle aan haar raak maak hom kriewelrig.

Soos die vorige week maak sy haar skaars die oomblik toe die klas verdaag. Hy het nog 'n oomblik oorweeg of hy haar moet volg of voor die kleedkamer wag waar hy vermoed sy gaan verklee, maar hy skud sy kop.

Dit gaan nie help nie. Hy het in elk geval nie nou tyd nie want hulle het 'n laaste oefening vanmiddag voor hul môreoggend na Potchefstroom vertrek. Hy het nog 'n ellelange lys van dinge om te kontroleer voordat dit kan gebeur.

Gelate stap hy terug na die kleedkamer om sy stewels te gaan aantrek. Hy aanvaar sy spanmaats se gespot gelate. Hy het mos geweet dat dit gaan gebeur.

Met uiterse wilskrag kry hy dit reg om sy aandag van die klein sproetgesig lank af te lei terwyl hy besig is met sy take. Dis eers nadat hy daardie aand in die bed wat hy homself weer toelaat om aan haar te dink.

En dis met die beeld van Landie Schoeman voor hom wat hy uiteindelik aan die slaap raak.

L andie se hart ruk.
         Sy het in die dae na die balletklas 'n lae profiel gehou en baie seker gemaak dat sy nie weer in Pierre Basson vasloop nie.

Haar geluk het gehou, tot nou toe.

Sy probeer nie om vir Sonja en Amanda te laat agterkom nie en stuur hulle in 'n ander rigting. Sy verwens nou dat sy haar vriendinne omgepraat het om mark toe te kom. Sy het egter nie verwag om vir Pierre hier te sien nie — met sy vrou en twee seuntjies. Die paartjie hou liefdevol hande vas en met die ander hand het elkeen een van die seuntjies beet.

Sy hoop nie Sonja-hulle het hom gesien nie. Hulle was amper in beswyming oor hom toe hy hom aan hulle voorgestel het. Landie was nog te geskok om hom in hulle woonstel te sien en het nie eens vir hulle vertel dat hy 'n getroude man is nie. Sy het haar eerder vinnig uit die voete gemaak nadat sy hom 'n drukkie gegee het.

Sy weet mos watse tipe man hy is.

Haar oë dwaal weer na waar sy hom en sy vrou vroeër gesien het, net betyds om te sien hoe hy 'n bos blomme in sy vrou se hand druk en dan af buk om haar te soen. Sy trek haar asem skerp in en kyk vinnig weg, vies vir haarself.

Sy het mos geweet dat hy getroud is. Sy moet dit onthou,

veral wanneer sy hom weer Dinsdag by die klas gaan sien. Sy hoop regtig hierdie keer is daar iemand anders wat saam met haar gaan demonstreer.

L andie se hoop om iemand anders te hê om saam met haar te demonstreer word vinnig geblus toe Pierre hom soos die vorige week aanmeld.

Sy is bewus van sy vraende blik tussendeur maar Landie ignoreer hom. Al wat voor haar bly is daardie oomblik toe hy sy vrou by die mark gesoen het. Jinne, mens kon van 'n myl af sien hoe passievol daardie soen was. Nou wil hy met haar flirteer? Sy voet in 'n visblik! Sy is nie daardie tipe meisie nie.

Soos gewoonlik probeer sy haar so vinnige moontlik uit die voete maak toe die klas klaarmaak, maar vandag is sy egter nie so gelukkig nie.

Pierre staan vas en vang haar oë vas met syne. Amper, so amper, swig Landie voor daardie verleidelike oë en diep stem toe hy vra, "Landie, ek ... Sal jy asseblief Vrydagaand saam met my gaan eet?"

Landie staar verstom na hom. Hoe durf hy?

Sy kyk om haar rond maar dit blyk dat niemand na hul gesprek geluister het nie. Donnie, Nathan en die blondekop-vrou wat die eerste klas bygewoon het, staan naby die deur en gesels. Die ander spelers en afrigters beweeg onder luide gesels na die ander deur wat sy vermoed hulle kleedkamers is of wat na 'n ander deel van die stadion lei.

Sy kyk weer op maar ignoreer sy vraende blik en sis, "Jy is die laaste ou met wie ek sal uitgaan. Kry jy nie eens skaam nie?"

Verwarring flits oor sy gesig maar Landie ignoreer dit. Sy gryp haar sak en haas haar uit by die deur na die dames se kleedkamers. Sonder om te stort trek sy vinnig haar jeans en 'n T-hempie aan voordat sy haar voete in haar skoene glip. Haar hande bewe nog en haar hart klop vinnig as sy dink hoe naby sy daaraan was om ja te sê.

Goeie hemel! Wat gaan met haar aan? Sy weet mos! Nee, daar is geen manier wat sy met hom sal uitgaan nie.

Na sy aangetrek het, spoel sy haar hande en gesig af. Al wat sy doen is om vogroom aan te smeer en die paar slierte hare wat uit haar bolla geglip het, van haar gesig af weg te vee voordat sy haar sak optel en uit die kleedkamer stap.

Haar hoop om vinnig weg te kom word egter verydel deur die blondekop vrou wat weer die oefening bygewoon het. Dit is duidelik dat sy vir Landie wag want sy staan onmiddellik regop van waar sy teen die muur buite die kleedkamers geleun het. Haar glimlag is vriendelik, haar gesig afwagtend toe sy haar hand na Landie uitstrek en sê, "Hallo. Ek is Lisbeth Meyers, die skakelbeampte vir die Buffels en jy is Landie Schoeman."

Nou wat moet sy nou daarop sê? Nie veel nie, lei sy vinnig af terwyl sy Lisbeth se hand skud. Die vrou praat sommer dadelik weer, "Kan ek moontlik met jou gesels?"

Landie frons. "Waaroor?"

Lisbeth weifel effens maar dan sê-vra sy, "Jy is mos betrokke by die welsynsprojek *Women First*?"

Landie knik. Hoe weet Lisbeth?

"Ek is jammer. Dit klink asof ek op jou gespioeneer het maar dit is nie so nie. Rick Walters het dit aan my genoem. Ek het gewonder of ek jou kan interesseer in 'n projek? Ek weet nie of jy bewus is nie, maar die Buffels ondersteun etlike welsynprojekte. Elke jaar kies ons een om op te fokus en doen dan verskeie projekte om die projek van die jaar te help met fondsinsameling. Wel, ek sê nou ons, maar hierdie is my eerste projek want ek het eers onlangs hier begin werk."

"Wat het jy in gedagte?" vra Landie verward. "En hoe kan ek help?"

Lisbeth glimlag. "Is jy haastig?"

Landie skud haar kop. Dis skoolvakansie en daar is nie vanmiddag enige klasse nie. Landie het net haar weeklikse besoek aan die voetkundige en die fisioterapeut om na uit te sien maar dit is eers later vanmiddag.

"Kom," nooi Lisbeth toe sy sommer begin aanstap. "Ek gaan saam met Melissa Roux, een van die fisioterapeute, en 'n paar van die ander vroue sommer hier langs die stadion eet om die projek te bespreek. Dit was eintlik Melissa se breinkind en ek stem saam met haar dat dit 'n wonderlike idee is."

Landie wonder of sy nie in iets ingepraat gaan word teen haar sin nie. Maar dan, sy het by *Women First* betrokke geraak om hulle te help. Sy kan nou net so wel na Lisbeth en Melissa se idee luister voordat sy haar in 'n ding begewe.

Terwyl hulle na die restaurant stap, gesels Lisbeth aanhoudend oor alles behalwe die projek. Teen die tyd dat Landie aan die ander vroue voorgestel is en sy haar sitplek ingeneem het, brand sy al van nuuskierigheid. Gelukkig hou Lisbeth haar nie veel langer in die duister nie en sodra hulle hul bestellings geplaas het, vra sy vir Melissa, "Dit is jou idee. Wil jy nie vir Landie verduidelik want ons in gedagte het nie?"

Landie draai afwagtend na die vrou wat oorkant haar sit. Haar lang blonde hare is in 'n poniestert bo haar kop vasgemaak en haar oë blink ondeund. Sy is die teenoorgestelde van die vrou wat langs haar sit. Die klein donkerkop met die elfie-haarstyl en groen oë is blykbaar Chloe Kemp, die voedingkundige vir die Buffels.

Melissa val sommer dadelik weg, "Ek het gedink ons kan 'n kalender uitgee. Dit moet mooi, stylvol en klassiek wees. Richie Campbell, een van die spelers en 'n kranige fotograaf, het klaar aangebied om die foto's gratis te neem. Ons gaan van die spelers betrek maar ons soek 'n paar vroue in verskillende beroepe om ook deel te wees van die projek. Lisbeth het vertel jy is reeds betrokke by *Women First* en ek dink jy as ballerina sal perfek wees om ook deel te wees. Sê asseblief ja," pleit Melissa.

"Ek weet darem nie. Watse tipe foto's het julle in gedagte?"

Lisbeth is ook nie links nie en gryp haar tablet. Voor Landie nog haar oë kan knip hou sy dit voor Landie en sê, "Kyk, dis die tipe foto's wat ons in gedagte het. Dit is regtig stylvol. Jy weet waardeur die vroue by *Women First* gaan. Ons hele idee is om te wys dat nie alle mans sleg is nie en dat daar 'n goeie verhouding tussen 'n man en vrou kan bestaan. Ons het al 'n model, 'n bekende sangeres in Londen, Melissa en Chloe ..."

"En Lisbeth," voeg Melissa by.

Lisbeth frons, maar Melissa argumenteer dadelik, "Jy kan nie verwag ons moet dit doen en jy nie."

"Maar daar is ander vroue wat dit kan doen. Goeie hemel, ek is 'n ma, nie 'n model nie."

"Juis te meer," voeg Chloe by. "En daar is twaalf maande in 'n jaar. Nie almal is bereid om dit verniet te doen nie, so kom aan. Dis vir 'n goeie doel, Lisbeth," fladder Chloe haar oë wat maak dat Landie lag. Wie sal daardie gesiggie kan weerstaan? Landie blyk reg te wees want Lisbeth stem gelate in.

"Nou goed, ek sal dit doen as Landie dit ook doen," stel sy haar ultimatum en dadelik draai drie paar oë na haar. Landie weet sommer dat sy nie 'n kat se kans het met die drie nie maar dit is darem vir 'n goeie doel.

"Nou goed, maar hoe kies jy wie poseer saam met wie?" Sy vra skielik benoud, "Saam met wie moet ek poseer?"

Lisbeth skud argeloos haar skouers, "Nee gits, dit het ons nog nie uitgewerk nie. Melissa sal natuurlik saam met Daniel poseer," lag sy.

"Hoekom natuurlik?" vra Landie en voeg sommer by, "En wie is Daniel?"

Chloe glimlag. "Daniel Cooper is die klub kaptein en Melissa se geliefde," wat veroorsaak dat Melissa blosend glimlag.

Duidelik is dit iets wat onlangs gebeur het en nog nie heeltemal by Melissa ingesink het nie. Landie hoef nie eens te vra nie, want Chloe brei sommer dadelik uit en vertel van Melissa en Daniel se romanse.

Landie het nou 'n vermoede wie Daniel is. Dit is die ou wat saam met Donnie op skool was en aan wie hy haar die eerste dag van die klasse voorgestel het. Dit is die einste Daniel wat Pierre so terg. Daarom lewer Landie egter nie kommentaar nie.

Dit is eers later, nadat sy by die huis is, wat Landie besef dat sy nou nog nie weet saam met wie sy gaan poseer nie maar dit is nou tot daarnatoe. Sy het klaar ingestem en sal maar net die beste van die saak maak. Dit is in elk geval net vir een foto.

Die kuier saam met die drie vroue verbonde aan die Buffels het egter ook ander gevolge. Landie het lanklaas so lekker gekuier saam met ander vroue behalwe haar susters en twee beste vriendinne. Sy het nie maklik vriende gemaak nie en baie mense dink sy is afsydig. Dit is egter nie so nie. Sy vat 'n rukkie om mense te vertrou en boonop is sy nie so vol selfvertroue as wat sy voorgee nie. Dit is net wanneer sy dans wat sy van alles en almal om haar kan vergeet behalwe die rol wat sy vertolk, en kan ontspan. Dit het dus die lewe nogal moeilik en baie alleen gemaak oorsee.

Hoe lank het sy nie gesmag om vriende te maak nie? Vriende wat niks met ballet te doen het nie, en haar net soos 'n gewone mens hanteer. En nou het sy haar kans. Dit is hoekom sy huis toe gekom het. Sy gaan dus hierdie geleentheid aangryp en daarom het sy nie gehuiwer om ja te sê toe die ander drie haar uitnooi om die Sondag by Daniel Cooper se familieplaas te gaan kuier nie. Die geleentheid is gereël om Daniel en Melissa se verlowing te vier en soos Landie kan aflei is die hele wêreld en sy maat genooi.

Sonja en Amanda haal ook daardie aand die funksie op en noem dat Ryan hulle al drie genooi het. Aangesien Ryan ook 'n geheelonthouer is, sal hy hulle aangewese drywer vir die dag wees.

Later wonder sy egter of sy die regte besluit geneem het. Maar miskien is dit ook nie 'n slegte idee nie. Sy weet Pierre Basson en sy vrou gaan daar wees. Hy sal dit nie langer kan wegsteek nie.

5

Die volgende paar dae gee Landie min tyd om te
wonder oor of dit 'n wyse besluit is om die Sondag
Nyathi toe te gaan.

Groot opgewondenheid heers by die ateljees toe Landie
uitvind dat sy en Donnie gekies is om die rolle van Brunhilde en
Franz in 'n uittreksel van Coppélia te dans in die debuut
vertoning van die Jakaranda Ballet Instituut. Hulle het hard
geoefen in die voorafgaande weke om gereed te wees vir die
oudisies en nou het dit vrugte afgewerp.

Hulle het al tien jaar gelede die rolle instudeer maar nooit
kans gekry om dit op die verhoog te vertolk nie. Dit het hulle
egter nie lank geneem om weer hul ritme te vind nie. Landie
skryf dit toe aan hul goeie vriendskap.

Hulle is ook nie die enigste van Madame Rouxbaix se
dansers wat vir die vertoning gekies is nie. Saam met die ander
twee dansers wat gekies is, spring Landie en Donnie sommer
dadelik aan die werk en werk elke dag 'n sessie of twee in tussen
hul klasse.

Selfs Saterdagoggend gee Landie en Donnie hulself nie die tyd om te rus nie en oefen net so hard soos die vorige twee dae.

Sondag is sy dus pootuit maar net soos met die kalender, het sy haar woord gegee en sluit sy haar dus gelate aan by haar vriendinne toe Ryan hulle kom oplaai. Die hele tyd op pad na die wildsplaas by Cullinan, wonder sy nog steeds oor haar besluit om tog te kom. Sy gaan nie 'n ontmoeting met Piere se vrou vermy nie. Dinsdag se klas en die manier wat hy haar vasgehou het, spook nog steeds by haar. Hoe kan sy Pierre se vrou nou in die oë kyk?

Landie het nou nie meer 'n keuse nie. Sy is hier en sy moet nou maar net die beste daarvan maak. 'n Rukkie later voel sy meer gerus. Nyathi is groot en sy behoort Pierre se tweegesig te kan vermy. Sy kan nog steeds nie verstaan dat hy so met haar kan flankeer as hy so openlik verlief is op sy vrou nie.

Die volgende oomblik gly 'n hand om haar middel van agter af en sy trek haar asem skerp in. Sy hoef nie om te kyk om te weet dat dit Pierre is nie. Na verlede week se dans saam met hom, herken sy die speserygeur van sy naskeermiddel en voel sy hand om haar al bekend. Dit is nogal 'n skrikwekkende gedagte.

Voor sy kon reageer en wegtrek klink 'n baie selfvoldane stemmetjie langs haar op. "Mamma, kyk. Ek het nie gejok nie. Onthou ek het Mamma vertel van die tannie in die park?"

Landie probeer wegtrek maar Pierre hou haar net stywer vas. Sy laggie klink hees in haar oor. Landie kyk na die vrou wat nou voor haar staan. Dit is die vrou saam met wie sy Pierre verlede Saterdag by die mark gesien het. Tot haar verbasing lyk die vrou nie vies nie.

As dit nou sy wat Landie is, sou sy die ander vrou se oë uitgekrap het. Nie hierdie een nie. Sy lyk gans en al te geamuseerd toe haar blik tussen Landie en Pierre beweeg. Toe glimlag sy nog breër en steek haar hand uit na Landie. "Ek het die laaste twee weke so baie van jou gehoor. Ek is Mari Basson."

Landie steek haar hand outomaties na die vrou uit om die uitgestrekte hand te skud. Sy frons en sê, "Ek's Landie."

"Ja, ek weet. Ek sê mos ek het die laaste twee weke genoeg gehoor van die onweerstaanbare Landie. Ek sou seker niks geweet het nie as Fransman nie my die guns gedoen het om nuus te dra nie. Nou ja, toe moes Pierre maar met die hele sak patats voor die dag kom."

Landie skud haar kop verstom. "Ek verstaan nie. Is jy nie jaloers nie?"

"Wie is nou op wie jaloers?" vra 'n ander stem skielik agter Landie. Haar kop draai outomaties na die stem.

Landie se mond val oop. Sy is seker sy lyk soos 'n vis wat op droë grond na lug hap.

Sy moet hallusineer want hoe anders kan sy Pierre se arm nog steeds om haar lyf en sy hitte teen haar rug voel en hy daar ander kant staan? Sy knip haar oë verward wanneer Pierre se dubbelganger na Mari beweeg en sy arm om haar skouers gly. Haar oë gly van die man na die twee seuntjies voor hom en Mari en toe dring dit tot haar benewelde verstand deur. Sy klink seker soos die idioot wat sy voel toe sy prewel, "Julle is 'n tweeling. 'n Identiese tweeling."

Skielik begin Pierre se lyf ruk en sy laggie vul haar ore net voor hy fluister, "Nou verstaan ek hoekom jy nie met my wou uitgaan nie."

Landie spring sommer dadelik op haar perdjie. Net soos die eerste dag wat hy haar in die balletklas moes lig, pomp sy haar elmboog weer in sy ribbes. Nie dat dit veel help nie. Pierre kreun liggies maar laat haar nie los nie. Inteendeel. In plaas van dat dit hom afsit, druk hy haar net stywer teen hom vas.

"Sproetjies, as jy nou ophou om my te probeer beseer, dan kan ek jou voorstel aan my identiese tweelingbroer Leon en my skoonsuster, Mari. Hulle is die ouers van die tweeling saam met wie jy my in die park gesien het."

Landie kan sommer die humor op Pierre se broer se gesig sien maar hy hou hom gelukkig in toe Pierre vir hom sê, "Dis nou Landie Schoeman, of Sproetjies. Maar net ek mag haar so noem," korswel Pierre.

Landie vererg haar sommer weer vir sy ge-Sproetjies. Sy was as kind genoeg gespot oor haar einste sproete. Sy vlieg om, en voor sy haarself kan keer druk sy haar vinger teen sy breë borskas en sis deur haar tande, "Ek het jou gesê as jy my een keer weer Sproetjies noem ..."

Hy gryp haar vinger vas met sy een hand. Die ander gly weer om haar lyf en net so trek hy haar weer styf teen hom vas.

"Dan wat?" glimlag hy.

N*ee my maggies!* Dit lyk asof die man haar glad nie ernstig opneem nie. Haar oë blits gevaarlik maar dan sien sy die uitdrukking in sy oë en sy verstil. Sekondes voor sy mond oor hare sluit, herken sy daardie kyk.

Nie spot nie. Nie terg nie. Nee, wat sy in Pierre se oë gelees het is bewondering. Begeerte. Die manier wat sy mond oor hare beweeg, sag maar dringend, bevestig daardie gewaarwording.

Landie se gedagtes steek net daar soos 'n steeks donkie vas. Al waarvan sy bewus is, is dat die man wat haar die afgelope vyf weke slapelose nagte besorg het, besig is om haar te soen. En die soen is alles wat sy gefantaseer het en veel meer.

Sy weet nie hoe lank hulle gesoen het nie maar uiteindelik begin die werklikheid tot haar deurdring. Wolwefluite verswelg byna die seunsstemmetjie maar Landie hoor tog deur 'n waas hoe een van die klein seuntjies vir Pierre sê, "Oom Pierre, jy't gesê die tannie gaan jou klap as jy haar soen, maar sy soen jou ook."

Landie trek verskrik terug en dan bloos sy bloedrooi toe sy die gesigte om haar sien en besef het wat sy gedoen het. Sy het vir Pierre Basson gesoen. In die middel van 'n geselligheid waar meer as die helfte van sy spanmaats en hoeveel ander mense wat sy nie eens ken nie, hulle kon sien.

En hulle *het* gesien. Sy kan die verbasing op Sonja en Amanda se gesigte sien en die glinstering van genot op dié van Melissa, Chloe en die ander vrouens wie se name sy nie kan onthou nie.

Haar oë dwaal verder en dieselfde uitdrukkings is op Pierre se spanmaats se gesigte te bespeur.

Hitte spoel oor haar gesig. Landie druk Pierre weg en voor hy haar kan keer vlug sy wie weet waarheen. Sy ignoreer die verbaasde kyke in haar rigting toe sy tussen die mense deurdruk. Sy sien nie nou kans om iemand in die oë te kyk nie. Spesifiek nie Pierre Basson nie.

J is, dit was seker nou simpel gewees maar hy kon dit net nie weerstaan nie. Haar oë het gevonkel, en die blos op haar wange het die sproetjies net meer laat uitstaan. Al waaraan hy kon dink was dat hy haar wou soen soos hy daardie eerste dag al wou doen.

En nou?

Hel, hy is nie gewoonlik 'n man wat hou van 'n geklouery in die openbaar nie. En dit nogal 'n eerste soen!

Maar, soos alle eerste soene gaan hierdie een wees wat hy gaan onthou vir altyd en altyd. En hy weet ook dat hierdie nooit as te nimmer die eerste en laaste soen gaan wees wat hy van Landie Schoeman gaan steel nie.

Volgende keer gaan hy darem net beter beplan.

Pierre staar eers verstard toe Landie tussen die spelers verdwyn maar dan dring dit tot hom deur dat sy weer eens van hom af wegvlug.

"Landie, wag!"

Hy frons geïrriteerd toe 'n hand hom terughou toe hy haar wou volg. Hy gluur na Sonja maar sy skud haar kop. "Nee, los haar eers. Ek dink jy het haar so bietjie onkant gevang. Landie het eers tyd op haar eie nodig."

Pierre huiwer. Hy weet Sonja ken haar beter maar hy weet ook hy moet regmaak wat hy verbrou het. Nie dat die soen 'n fout was nie. Dit was net dat sy tydsberekening hom heeltemal in die steek gelaat het.

Die soen het egter bevestig wat Pierre vermoed het.

Hy is besig om baie hard en vinnig vir Landie Schoeman te val. En die feit dat die wete hom nie bang maak nie, maak dit net nog erger.

Hy weet nou dat hy Landie weer wil soen. En dan weer.

Hoe de hel het dit gebeur? Hy het geweet hy was aangetrokke tot haar, maar gedink dit was soos gewoonlik net 'n fisieke ding. Met Landie voel dit nie so nie. Daardie soen het dit nou net bevestig.

Bésig om vir haar te val? Nee, daarvoor is dit veels te laat. Hy is nie net verlief op Landie nie. Die gevoel wat sy in hom aanwakker is baie meer as blote verliefdheid. Hy sal alles in sy vermoë doen om Landie syne te maak. Dit is wat Pierre laat besef dat Daniel reg was. Hy het sy pasmaat in Landie gekry. Daar is geen twyfel eens daaroor nie.

Daar is nog net een balletklas oor. As dit eers verby is gaan hy haar moontlik nie so gereeld sien nie. Hoe gaan hy die geleentheid kry om haar beter te leer ken? Hy sal enigiets doen maar wat?

Toe iemand langs hom lag, besef Pierre dat hy hardop gepraat het. Hy gluur na die jonger man met die klein seuntjie op sy arm wat openlik vir hom lag. Hy vra iesegrimmig, "Wat is so snaaks?"

Luke McCarthy grinnik terwyl sy hand oor die blondekop-seuntjie se kop vryf. "Kaptein is. Ek het nie gedink ek gaan die dag sien wat Kaptein so droomverlore na 'n meisie staar nie. Veral nie na daardie balletklas toe sy Kaptein in die maag geslaan het nie."

Pierre antwoord hom nie en frons net vir die jonger man. Die seuntjie druk sy koppie teen Luke se skouer en weer frons Pierre. "Wie se kind het jy ontvoer?"

Luke lag. "Dit help nie om die onderwerp te verander nie, Kaptein maar om jou gerus te stel, ek het hom nie ontvoer nie. Dis Lisbeth Meyers se seuntjie."

Pierre gaap Luke verbaas aan. "Goed, ek het geweet sy het 'n seuntjie maar ek het nie gedink julle is op sulke goeie voet om na haar kind te kyk nie."

Luke glimlag ondeund. "Ek sou nog nie sê ons is op goeie voet nie, maar partymaal moet 'n man slim wees, Kaptein."

Die besef wat Luke insinueer dring tot Pierre deur. Sy mond val oop maar Luke gee hom nie 'n kans om te antwoord nie want hy grinnik weer. "Ek dink net ek moet Kaptein waarsku. Lisbeth is op 'n sending en sy gaan Kaptein binnekort nader. Ek weet ook jy gaan dadelik wil nee sê maar dink nou net hoe jy dit tot jou voordeel kan gebruik om Landie beter te leer ken en tyd met haar te spandeer voor jy dit doen. Dis dalk jou kans."

Pierre frons verward. "Wat bedoel jy?"

Luke skud sy kop. "Nee, ek gaan niks sê nie. Lisbeth kan jou self vertel. En net as 'n waarskuwing, sy vat nie maklik nee vir 'n antwoord nie. Hier kom sy, so wees gereed."

Die volgende oomblik sluit Lisbeth haar by hulle aan. Sy poog om die seuntjie by Luke te neem maar die kleintjie druk net sy koppie stywer teen Luke en klou soos 'n apie aan hom vas. Hy mompel net vir Lisbeth toe sy vir hom sê, "Kom, Jay. Luke wil seker saam met sy vriende kuier."

Luke lag net en skud sy kop. "Nee wat. Ek kuier lekker saam met Jay. Jy gaan al jou geduld hê om Kaptein te oortuig maar …"

Luke buig skielik af en fluister iets in Lisbeth se oor. Die skakelbeampte se oë glinster toe Luke terugtrek. Sy draai na

Pierre en glimlag. "So, ek verstaan jy het 'n dilemma maar ek kan jou dalk help maar net as jy my help."

Pierre frons. "Met wat?" vra hy kortaf toe Luke en Jay tussen die ander gaste verdwyn.

Lisbeth vra glimlaggend, "Wel, niemand kon daardie soen mis nie en as ek daaruit moet aflei, het jy ook voor die liefde geswig."

Kan almal sien hoe hy oor Landie voel? Klaarblyklik. Almal natuurlik behalwe Landie.

Hy besef dat dit nie gaan help om daarteen te stry nie, en trek sy skouers op. "Wat kan ek sê?"

Hy sug dan gelate. "Nie dat dit my veel help nie. Sy het nie veel ooghare vir my nie."

Lisbeth bestudeer hom vir 'n lang tyd voordat sy met 'n fyn glimlaggie sê, "Ek is nie heeltemal so oortuig daarvan nie maar dit daar gelaat. Volgens Luke is jy bereid om enigiets te doen om Landie te oortuig dat jy die een is. Is dit so?"

Pierre knik, half onseker want hy weet nie waarheen Lisbeth hiermee neig nie. Die skakelbeampte het haar eers 'n paar maande gelede by die klub aangesluit en het al heelwat gedoen om Luke en Rick Walters se beeld te herstel. Veral Luke het 'n reputasie gehad as die stout seun van Suid-Afrikaanse rugby.

Luke was vier jaar gelede vir twee jaar geskors weens die gebruik van opkikkers. Hy het toe heeltemal van die wa afgeval deur te veel te drink en dwelms te gebruik. Pierre, soos die ander spelers, het geweet dat Mark Bailey en Ryan Foster hom gehelp het om na 'n rehabilitasiesentrum toe te gaan. Daarna het Luke heeltemal uit die kollig verdwyn tot hy skielik vanjaar sy terugkeer vir die Wynlande se span in die Ontwikkelingstoernooi gemaak het. Na die Wynlande in die semi-finaal uitgeskakel is, het Luke sy terugkeer vir die Buffels gemaak.

Luke het dit nie maklik vir Lisbeth gemaak om hom te help

nie maar toe het hy skielik handomkeer verander. Pierre het sy vermoedens. Die manier hoe Luke so eie is met Lisbeth se seuntjie, versterk net daardie vermoede.

"So wat sê jy?"

Pierre knip verward. Hy het so wraggies nie 'n woord gehoor wat Lisbeth sê nie.

Sy lag wat net verder tot sy verleentheid bydra. Kopskuddend verklaar sy, "Jis, kaptein. Dit lyk my Luke is reg. Jy het die skoot hoog deur."

Pierre mompel net, "Ekskuus, wat het jy gesê?"

"Ek het 'n idee om jou te help om meer tyd met Landie te spandeer en dalk kan jy nog 'n mooi foto of twee ook uit die ooreenkoms kry."

"Wat bedoel jy? Wat moet ek doen?"

"Jy weet van die liefdadigheidsorganisasie *Women First* wat die Buffels ondersteun?"

Pierre knik. Elke speler in die klub kon 'n liefdadigheidsorganisasie kies wat hulle moes ondersteun en aktief by betrokke raak. Pierre het, soos Mark Bailey, betrokke geraak by die organisasie wat gestremde kinders help, veral die minderbevoorregtes, om rolstoele en ander toerusting te kry. Hulle neem soms die kinders op uitstappies of besoek hulle in die hospitaal wanneer dit nodig is. Hierdie jaar is die kollig egter op die organisasie wat vroue en kinders wat uit gebroke en mishandelde verhoudings kom, op die been help.

Verskeie van Pierre se vriende is betrokke by *Women First,* onder andere Rick Walters. Vroeër die jaar het hulle 'n pretloop by die dieretuin gehad wat heelwat belangstelling ontlok het. Dit blyk dat Lisbeth nog etlike projekte in die pyplyn het.

Toe Lisbeth haar voorstel herhaal, skud Pierre sy kop verdwaas. Hierdie een het hy nie verwag nie.

"'n Kalender? Jy bedoel soos daardie ouens wat kaal poseer?"

Lisbeth skater wat veroorsaak dat etlike koppe in hul rigting draai. Sy stel Pierre egter gou gerus, "Nee man. Jinne, dis mos nou nie die beeld wat ons wil uitdra nie. Veral nie vir hierdie organisasie nie."

"Nou wat dan?" por Pierre haar aan.

"Wel, hierdie was Melissa se idee eintlik en ek dink dis uitstekend. Ons wil hê dat die kalender 'n beeld van hoop en drome uitbeeld, en wys dat verhoudings tussen mans en vroue gesond kan wees. Die kalender gaan klassiek wees. Richie het aangebied om die foto's gratis te neem en ek het al so een of twee bekendes wat ingestem het om vir die kalender te poseer. Daniel en Melissa het ook al ingewillig."

"Watter bekendes het jy gekry?"

"Cara-Mia Fresco, onder andere, en ook Kate Boucher, die model. Ek probeer nog vir *Coach* oortuig om sy dogter Samantha te vra. Sy is mos 'n Protea netbalspeler en behoort 'n goeie rolmodel te maak."

"Hoe het jy dit reggekry? Ek bedoel, Cara-Mia is 'n bekende sangeres en aktrise in Londen?"

Lisbeth lag. "Dit hang af wie jy ken! Cara-Mia en Melissa ken mekaar al van hul kleuterdae. Melissa het haar genader en Rick Walters sê Kate het uit haar eie aangebied."

"Watter ander spelers gaan betrokke wees?"

"Behalwe Daniel en Rick, en hopelik jy, is ek nog besig om deur die lys te gaan en te kyk wie sal bereid wees. As ek jou kan belowe dat jy saam met Landie kan poseer, sal jy instem? Groot asseblief?"

"Het Landie al ingestem?"

"Ja, ek het haar Dinsdag gevra. Ek het by Rick gehoor sy is reeds betrokke by *Women First* so dit het nie lank gevat om haar te oortuig nie."

Pierre huiwer nie eens verder nie. Hy het egter een

voorwaarde: "Ek sal dit doen, maar net as dit saam met Landie is. Anders, vergeet dit."

Lisbeth gee 'n klein gilletjie. "Ag dankie. Ek het al 'n idee vir julle foto."

Pierre kyk haar skepties aan, "En gaan jy my inlig wat dit behels?"

Lisbeth knik haar kop entoesiasties terwyl 'n glimlaggie om haar mond speel. "Ja wat, ek gee nie om nie."

Sy hou haar hande voor haar uit met haar duime teen mekaar en voorvingers in die lug. Sy mik-mik so asof sy deur 'n kamera se lens kyk en glimlag dromerig terwyl sy die toneel voor haar voorstel. Sy is so vasgevang in die beeld wat sy voor haar geestesoog sien dat Pierre dit amper self kan sien.

"'n Donker agtergrond met niks anders in die beeld behalwe jy en Landie nie. Jy dra slegs jou rugbybroek met kouse en jou stewels en Landie 'n dromerige, waserige wit balletrok en skoene. Jy staan so skuins agter haar met jou hande op haar heupe of iets, so asof jy haar gaan lig soos julle daardie dag in die gimnasium gedoen het. Haar een hand is so half om jou nek en sy kyk na jou maar jy moet reguit na die kamera kyk. Ek wil graag jou oë beklemtoon."

Sy leun effens vorentoe na Pierre en fluister, "Moet vir niemand sê nie, maar ek dink jy het die mooiste oë."

'n Blos sprei oor Pierre se wange. Hy trek terug en kyk haar skepties aan. Is sy nou besig om met hom te flirteer? Hel, hy hoop nie so nie!

Maar die volgende oomblik sluit Luke en Jay weer by hulle aan en toe Lisbeth vir Luke kyk, weet Pierre dat hy hom nie oor Lisbeth hoef te bekommer nie. Nie as hy sien hoe sy na Luke kyk nie.

En as hy Luke se reaksie sien wanneer Lisbeth Jay by hom neem, het hy 'n idee dat die gevoel wederkerig is. Luke het bes moontlik 'n voordeel bo Lisbeth aangesien hy presies weet wat besig is om tussen hulle te gebeur.

Hy onderdruk sy glimlag en sug slegs toe Luke knipperend oogkontak met Lisbeth verbreek en vir hom sê, "So, Kaptein, het jy ook voor die formidabele Lisbeth Meyers geswig?"

Tong in die kies antwoord Pierre, "Net onder die druk wat Lisbeth Meyers toepas, my vriend. En natuurlik die geelwortel wat sy voor my neus gehou het. Maar ja, jy's reg. Sy is formidabel."

Met daardie woorde draai Pierre weg. Sy oë val op die deur wat van die veranda na die gastehuis lei. Moet hy nie maar tog vir Landie volg nie? Hy skud sy kop in antwoord op sy eie vraag. Hy moet net geduldig wees. Sy sal wel weer terugkom en dan kan hy haar om verskoning vra.

Hy haal 'n bier uit die koelhouer en stap afgetrokke na waar Leon en Mari by Daniel en die res van Pierre se groep vriende sit en gesels. Hy weet dat hulle sy siel gaan uittrek maar hy besef dat dit beter is dat hulle dit sou gou as moontlik agter die rug moet kry. Hy ken hierdie ouens. Hoe langer hulle het om oor 'n ding te dink, hoe meer absurd raak hul grappe en stories.

H aar hart klop nog vinnig en haar bene is lam, maar Landie dwing daardie selfde onwillige liggaamsdele om haar deur die groep spelers te haas na die ingang van die gastehuis. Sy maak nie oogkontak nie. Sy weet sommer dat almal van hulle geamuseerd is deur daardie soen.

Almal behalwe sy.

Verlig druk sy die badkamerdeur agter haar toe en leun teen die muur met haar oë toe. Haar vingers fladder na haar lippe waar sy nog Pierre se aanraking kan voel.

Daardie soen is alles wat sy die laaste paar weke oor gedroom en gefantaseer het, en nog meer. Sy het nie gedink dat die oomblik dat sy lippe wel aan hare gaan raak, sy 'n hitte deur haar lyf sou voel spoel nie. Sy het nie besef dat daardie hitte haar so sou oorweldig dat sy heeltemal onbewus was van almal en alles rondom haar, behalwe die man wat haar so deeglik gesoen het nie.

Sy is gewoond om voor mense op te tree, en in een of twee van die moderne ballet-opvoerings waarin sy gedans het was daar 'n soen of twee maar niks het haar voorberei op hierdie een nie. Jinne, dit was nou nie 'n tong-in-die-mond-soek soen nie. Dit was slegs 'n aanraking van lippe. Of dit was veronderstel om te wees. Hoekom voel sy dan asof daardie soen haar siel aangeraak het?

Dit klink miskien dramaties, maar dit is wat sy gevoel het en nog steeds voel.

En sy weet, niks gaan ooit weer dieselfde wees nie.

Hoekom maak hy haar so kwaad? Was dit omdat sy gedink het hy spot met haar sproete? Miskien, maar sy dink nie dis die antwoord nie. En sy weet ook, hy het haar nie gespot nie. Daarvoor was die bewondering in sy oë voor die soen te eg. En as sy nou moet terugkyk na hul vorige ontmoetings onthou sy dat daardie kyk in sy seegroen oë was daar van die eerste oomblik wat sy haar oë oopgemaak het in die park en in syne vasgekyk het.

Nee, miskien is haar houding teenoor hom 'n pantser teen die gevoelens wat hy in haar opwek. Sy wil nie weer seerkry nie. Sy wil nie weer voel asof die man wat sy dink haar liefhet, haar net gebruik nie. Sy wil nie weer liefhê nie want die liefde maak net seer.

Landie blaas haar asem uit.

Wie sê dis nie al klaar te laat nie?

Dan sal sy maar net daardie pantser stywer om haar trek. Sy het nou net begin om weer die stukke van haar lewe op te tel.

Neem nou byvoorbeeld die rol wat sy nou so pas losgeslaan

het. Dit is presies wat sy gedink het om te doen hierdie jaar. Sy is nie lus om weke lank dieselfde vertoning oor en oor te dans nie. Hierdie is perfek. Een week en een uittreksel uit haar gunsteling ballet dan kan sy weer iets anders doen. Dit maak haar opgewonde.

Landie vermoed dat Madame Rouxbaix 'n inset in die keuses gehad het maar sy gee nie om nie. Daar was verskeie dansers wat verlede week die oudisies bygewoon het, en omdat sy maande laas gedans het, was sy senuweeagtig en onseker of sy enige rol sou losslaan.

Coppélia was nog altyd haar gunsteling-ballet en dis hoekom sy gekies het om Swanhilde se solo te dans vir haar oudisie. Dat sy presies daardie rol gaan dans in die vertoning, is 'n groot pluimpie. Landie is baie opgewonde maar ook senuweeagtig. Dis haar eerste rol in twee jaar wat sy 'n solo gaan dans, en dan nogal voor haar eie mense.

Die rol beteken egter dat sy besig gaan wees in die toekomstige maande met repetisies. Hulle het nie eintlik baie tyd nie. Alhoewel die geselskap al lank reeds voorbereiding begin tref het vir die stigting van die geselskap en voorbrand gemaak het met die vertoning, is die finale rolle eers nou aangekondig.

Gelukkig is dit nie 'n volledige ballet nie. Twee keer 'n week moet hulle by die Ballet-Instituut se studio onder toesig van die choreograaf en regisseur oefen maar die res van die tyd kan sy en Donnie hul voorbereiding onder toesig van Madame Rouxbaix in Madame Rouxbaix se studio doen. Die laaste week voor die vertoning sal hulle saam met die ander dansers by die Staatsteater die finale kleedrepetisies en voorbereiding finaliseer.

Die feit dat hulle nie elke dag by die teater hoef te wees nie, maak dit nie veel makliker nie. Dit gaan nog steeds harde werk verg en baie konsentrasie. Sy gaan nie tyd hê om sinnelose drome te droom oor 'n man met seegroen oë nie.

'n Man wat alreeds te veel van haar gedagtes opneem.
Sy sal dit moet stop en baie gou ook.

6

Landie knip haar oë teen die skerp sonlig. Haar oë oor gly die gaste. Haar eerste prioriteit is om so ver moontlik van Pierre Basson af weg te bly. Die tweede is om haar vriendinne te soek en hoop dat daar veiligheid in nommers is.

Pierre sit by sy broer en skoonsuster en 'n groep van hulle vriende, onder andere Daniel Cooper en een of twee van die ander spelers wat sy herken van die balletklasse by die stadion. Sonja se neef Ryan is ook tussen hulle.

Sonja en Amanda is saam met die groep vroue wat onder die bome staan.

Na die ete saam met Lisbeth, Melissa en Chloe, het Landie saam met Lisbeth teruggestap na die stadion. Dis toe dat sy uitvind dat Lisbeth net om die hoek van die stadion af bly in die buur-kompleks. Toe hulle vanoggend hier aangekom het, het Landie die ander vroue aan haar vriendinne voorgestel en kort voor lank het hulle 'n hond uit 'n bos gekuier asof hulle mekaar al jare lank ken. Sy moes dit verwag het. Lisbeth, Melissa en Chloe het haar Dinsdag al so gemaklik laat voel.

Sy sug behaaglik terwyl haar oë oor die groep mense gly, die geur van braaivleis in die lug en 'n gekwetter in meestal Afrikaans en Engels duidelik hoorbaar. Dis wat sy nodig gehad het. Om huis toe te kom.

'n Kalmte sak oor haar toe terwyl sy haar oë toemaak en diep asemhaal.

Dis egter van korte duur. Die oomblik wat sy haar oë oopmaak, kyk sy vas in Pierre se oë en net so gaan haar hart weer op galop.

P ierre laat hom maar welgeval aan sy vriende wat sy siel uittrek. Hy het verwag dit gaan gebeur maar dan verskyn Landie skielik op die veranda en Pierre verloor tred met die hele gesprek.

Haar hare, wat hy nog elke keer net in 'n bolla of in 'n poniestert gesien het, hang vandag los oor haar skouers. Die sonlig verf sulke goue strepies op die punte en oor haar kroontjie. Pierre se vingers juk om hulle deur die half deurmekaar bos te gly. Hy klem die bierbottel tussen sy vingers, en probeer aan iets anders dink.

Toe Landie haar kop draai, en hul oë ontmoet, weet Pierre wat hy moet doen. Hy sit die bierbottel op die tafeltjie langs hom neer. Verbasend nogal dat hy dit regkry, as hy in ag moet neem dat hy nog nie 'n oomblik weggekyk het van Landie nie. Hy staan stadig op en dan stap hy gedetermineerd in haar rigting.

As hulle gaan saamwerk aan die kalender moet hulle die strydbyl so gou moontlik begrawe.

En hy sal moet leer om sy hande tuis te hou. Hoe de hel hy dit gaan regkry weet hy nie, maar hy weet dit is die enigste manier hoe hy die sproetneus se vertroue gaan wen.

. . .

L andie staan vasgenael waar sy is.

Dit sal in elk geval nie help om te vlug nie want die vasberadenheid staan duidelik op sy gesig geskryf. Sy is oortuig daarvan dat hy haar nie weer sommer so sal laat vlug nie.

Eers toe Pierre voor haar stop, 'n effens gespanne trek om sy gewoonlik laggende mond, besef Landie dat hulle nie een keer oogkontak verbreek het nie.

Weer eens neem Pierre die wind uit haar seile toe hy haar hand neem en saggies vra, "Mag ek asseblief met jou praat?"

Hy kyk om hom rond en sien dat etlike pare oë op hulle gevestig is en beklemtoon dan, "Alleen."

Landie het skaars instemmend geknik voordat hy haar om die hoek van die veranda trek na 'n deel waar dit stiller is en niemand elke beweging kan dophou nie. Hy val summier met die deur in die huis toe hy sê, "Ek is jammer."

Teleurstelling spoel deur haar. Is hy jammer dat hy haar gesoen het?

Blykbaar nie. Hy los haar hand en skulp sy hande om haar gesig terwyl hy sy kop skud. "Moet my nie verkeerd verstaan nie. Ek is nie jammer dat ek jou gesoen het nie want hel, ek het vandat ek jou die dag in die park gesien het daarvan gedroom. Ek is net jammer dat ek nie gewag het vir ons eerste soen tot wanneer ons alleen is nie. Ek is jammer dat ek jou moontlik in die verleentheid gestel het. Dit was nie my bedoeling nie. Al wat ek op daardie oomblik kon dink dat jy so onweerstaanbaar mooi gelyk het met jou oë wat so na my blits ... Ek kon dit nie help nie."

"Ek hou nie van die bynaam Sproetjies nie. Dit voel asof jy met my spot."

Wat? Is dit al waaraan sy kan dink? *Ek hou nie van die bynaam Sproetjies nie? Jinne, Landie, ek dog jy is kwaad oor die soen, oor die verleentheid?*

Nee, tog. Sy is besig om haar breinselle te verloor!

Pierre staar eers verstom na haar en dan skud hy sy kop stadig. Hy glimlag tergend, "So, jy hou nie van die bynaam Sproetjies nie. Wat van *Baby*?"

Landie rol haar oë. "Asseblief tog nie. Dit klink na een van die nuutste Afrikaanse sangsensasies waarvan jy heeltyd oor die radio hoor en elke tweede een sing oor sy of haar *baby*!"

"Hmm," lag hy weer. "Wat van Liefie?"

Landie weet nou dat hy haar net terg en skud dus net haar kop stadig. Pierre probeer weer. "Hartjie?"

Sy skud weer haar kop terwyl sy hard poog om die glimlag te onderdruk. Maar dié verdwyn sommer vanself toe Pierre sy hand lig. Sy gesig is skielik ernstig as sy vingers lig, dartelend oor haar neus en wange waar die sproete meer prominent is gly.

"Landie, weet jy dan nie? Ek vind jou sproetjies net so onweerstaanbaar soos jy. Sonlig-soentjies. Dis wat dit is. Ek hou van jou natuurlike voorkoms en jou sproetjies is deel van jou."

Hy skud weer sy kop en erken dan, "Hou van is om dit sagkens te stel. Ek's mal daaroor. Al waaraan ek kan dink is dat ek elke sproetjie wil soen."

Hy voeg sommer die daad by die woord wanneer sy mond die pad wat sy vingers vroeër gevolg het, navolg. Lig, veersag soos sy vingers. Eers aan een kant van haar neus en oor haar regterwang dan weer terug oor haar neus se brug na die linkerkant.

Hy lig sy mond effens en huiwerend oor haar lippe, fluister hy, "En dan wonder ek of jy enige ander sproetjies op jou lyf het."

Dit hitte slaan haar soos 'n weerligstraal en sprei deur haar liggaam, veral daardie plekkies op haar skouers en borskas waar sy weet 'n lagie fyn sproetjies verskuil lê. Maar voordat sy nog kan dink om te bloos, vang sy mond hare vas. Sy lippe streel eers liggies oor hare voordat hy met 'n kreun haar stywer teen hom druk, sy lippe hare opeis.

En sy laat haar dit welgeval want is dit nie waaroor sy gefantaseer het nie?

Na 'n lang ruk trek hy sy mond weg. Terselfdertyd laat val hy sy hande voor hy dit die volgende oomblik oor sy gesig vee en dan in sy hare druk. Met 'n sug tree hy 'n tree of wat verder terug. Onmiddellik voel sy die verlies van sy hitte.

Sy volgende woorde ruk haar terug aarde toe, so hard dat dit sommer seermaak.

"Ek het myself belowe ek sal my hande tuishou, dat ek nie weer aan jou sal raak nie, maar ... Ek is jammer."

Landie vererg haar sommer weer vir hom. Sy het nie gevra hy moet haar soen nie. Hoekom laat hy haar nou skuldig voel?

Sy trek haar skouers op en neem 'n diep teug voordat sy met 'n kalmte wat sy niks voel nie en wat slegs kom met jare se oefen, verby hom stap en argeloos oor haar skouer sê, "Vergeet dit. Dit was net 'n soen. En jy ken mos die Engelse spreekwoord 'it takes two to tango'. Ek het jou terug gesoen maar dit beteken niks."

"Landie ..."

Hierdie keer ignoreer sy hom egter en vir die res van die dag maak sy of hy nie bestaan nie.

Dit is slegs daardie aand wanneer sy alleen in haar bed lê, wat sy weer daardie oomblikke saam met Pierre op die veranda herroep. Haar vingers gly oor dieselfde paadjie wat sy hande en mond gevolg het en sy sug.

Sy mag dalk voorgee asof daardie soen en sy woorde niks beteken het nie, maar sy weet dat hy met sy soen iets wakker gemaak het wat sy vir so lank onderdruk het.

· · ·

S legs drie dae nadat Landie hom verslae op die veranda gelos het en hier staan hulle weer. Miskien moes hy maar dat een van die ander spelers hierdie taak oorgeneem het, maar slegs net om daaraan te dink dat hulle aan haar moet raak, maak hom warm onder die kraag.

Nee, alhoewel dit hoe moeilik gaan wees, gaan hy dit doen want dis dalk die enigste manier hoe hy met haar gaan kan praat en weer eens probeer verduidelik dat hy 'n dom esel is wat sy mond oopmaak voordat hy dink.

Nou is egter nie die tyd nie.

Pierre sluk swaar en konsentreer op wat Donnie sê en doen. En dan sug hy. As hy gedink het die beweging wat hulle verlede week moes doen was moeilik, dan gaan die volgende demonstrasie pure hel wees. En dis als sy eie skuld. Na daardie soen Sondag is dit asof hy aan niks anders kan dink nie maar die feit dat Landie nie met hom oogkontak maak nie, wys dat sy nog steeds vies is vir hom.

"Vandag gaan ons net die eenvoudige lig doen. Hierdie is ons laaste klas saam met julle en ek dink dit het ons almal gebaat. Die lig wat ons egter vandag doen, is die belangrikste en die een wat julle die meeste sal gebruik. Ek glo die oefeninge wat ons verlede week en vroeër vandag by julle gewone oefenprogram gevoeg het gaan help om julle kernkrag en veral jul enkels en skene te versterk. Nou, wanneer jy 'n ander persoon lig soos in die lynstane of soos ek vroeër met Landie gedemonstreer het hoe ons dit in ballet doen, is dit belangrik dat julle moet konsentreer op jul kern, en dat julle fokus op die persoon wat julle moet lig. Pierre, staan agter Landie. Landie, *en point.*"

Pierre gaan staan agter Landie en kyk na Donnie vir verdere instruksies. Toe Donnie dit wel gee, byt Pierre op sy tande.

Hopelik is dit gou klaar. Dis amper tyd vir veldwerk so hopelik sal *Coach* gou hierdie fiasko stop.

"Sit beide jou hande hier, net onder haar ribbekas."

Hy draai terug na die ander en sê vinnig, "Onthou, hierdie is 'n eenvoudige reguit lig, en dit is die persoon wie jy lig se verantwoordelikheid om seker te maak dat hulle postuur reguit is, ook terwyl jy hom of haar oplig."

Pierre is so bewus van die reuk van Landie se sjampoe wat sy neusgate vul. Dit ruik skoon, soos vars, groen appels, en hy moet die begeerte onderdruk om weer te ruik. Ten minste as hy aan haar sjampoe dink, hoef hy nie te dink aan haar hitte wat hy onder sy hande voel nie.

"Goed, Pierre," onderbreek Donnie sy weghol-gedagtes. "Onthou om beide jou arms en bene te gebruik om Landie te lig. Konsentreer daarop om nie jou rug te gebruik nie."

Pierre knik en Donnie tel, "Vyf, ses, sewe, agt ..."

Hy is gewoond om swaarder ouens in die lug op te tel, maar dit voel anders met Landie. Sy voel veerlig in sy hande maar Pierre moet nog steeds konsentreer veral omdat hy moet konsentreer om sy bene ook te gebruik. Dit voel anders as gewoonlik, maar tog voel dit asof hy meer beheer het oor die meisie in sy arms. Hy sou nooit iets doen om sy spanmaat te laat val nie, maar hy is regtig doodbang dat hy Landie gaan laat val. Dit is die laaste ding wat hy wil doen.

Hy hou sy oë op haar totdat Donnie sê, "Goed, jy kan haar nou stadig laat sak."

Pierre laat haar stadig sak, en alhoewel sy lig is, voel hy hoe die spiere in sy arms werk. Haar hitte gly af teen sy bors tot op die grond en hy moet weer swaar sluk. Eers toe haar voete weer op die grond rus, ontspan hy effens. Maar net totdat Donnie sê, "Goed, ek weet nie wie lig gewoonlik vir wie nie, maar julle het nou gesien hoe Pierre en Landie dit doen. Deel julle self op in pare en probeer dit ook. Pierre en Landie, julle kan nog so 'n paar oefen."

Toe Donnie wegbeweeg na die spelers wat nou met mekaar korswel maar terselfdertyd opdeel in pare, draai Landie na Pierre. "Dit was goed, maar volgende keer hoef jy nie jou vingers so styf vas te klem nie. Jy besef nie hoeveel krag jy in jou hande het nie."

Pierre se oë rek verskrik. "O hemel, ek is jammer. Ek hoop nie ek het jou seergemaak nie."

Vir die eerste keer lyk Landie nie so kwaai met hom nie want 'n glimlaggie verskyn om haar mond.

Pierre staar in verwondering. Die glimlaggie laat haar gesig versag. Fyn kreukeltjies vorm om haar oë en 'n kuiltjie langs haar linker-mondhoek. Sy eerste gedagte is dat sy weer en weer so vir hom moet glimlag en die tweede, en die een wat hom die meeste ontsenu, is dat hy wat sou gee om daardie kuiltjie te soen. Met al die sproetjies het hy daardie kuiltjie gemis.

Landie draai gelukkig om en neem weer haar posisie in. Oor haar skouer sê sy vir hom, "Goed, kom ons probeer weer. Hande en voete in posisie."

Pierre gly sy hande weer om haar middel tot dit min of meer is in die plek wat Donnie hom vroeër gewys het. Skielik verstil hy. Dit was blykbaar nie die regte posisie nie want Landie lig haar hande en skuif dit oor syne. Sy gryp sy vingers vas en verskuif dit tot in die regte posisie. Hy ruk amper soos hy skrik toe sy skielik vra, "Is jy reg?"

Pierre knik, maar besef dat sy nie die gebaar kan sien nie en sê ja maar selfs sy stem klink heserig in sy eie ore.

"Goed, weer op drie en dan hou jy my vir ses in die lug voor jy my laat sak. Een, twee, en drie."

Pierre probeer so hard as wat hy kan weer konsentreer om beide sy arms en bene te gebruik om Landie te lig. Hierdie keer moet hy boonop nog konsentreer om te tel en nie haar so hard vas te hou nie. Op telling ses laat hy haar weer stadig sak.

"Dis beter," sê sy oor haar skouer. "Kom ons probeer weer."

Na die vierde probeerslag voel Landie nie meer so lig in sy arms nie, maar hy sal nie bes gee nie. Gelukkig na die vyfde poging draai sy om en sê, "Jy leer vinnig."

Pierre kan sommer voel hoe hy bloos en verwens homself. Dis simpel. Maar dan kry sy selfvertroue weer die oorhand en hy glimlag. "Ek het 'n goeie leermeester."

Dit lyk amper asof Landie weer wil glimlag maar dan draai sy vinnig om. Pierre sug. Hy twyfel sterk of hy ooit 'n kans met haar gaan hê.

L andie gebruik die paar dae na haar laaste balletklas by die Buffels om by haar ouers te gaan kuier. Dit sal die laaste kans wees voordat sy in erns gaan voorberei vir die Jakaranda Ballet se eerste vertoning.

In die week na haar terugkeer na Pretoria, vorm sy 'n nuwe roetine. Sy staan gewoonlik so net na agt op. Teen daardie tyd is Sonja en Amanda reeds weg en het sy die woonstel vir haarself. Sy kon seker vroeër opgestaan het maar na 'n paar dae se spioeneer op Pierre weet sy dat hy ook alreeds by die stadion is teen daardie tyd en sy hoef nie op hete kole te loop om hom mis te loop nie.

Terwyl sy vir die perkoleerder wag om haar gunsteling donker-geroosterde koffie te maak, glip sy vinnig in die stort vir haar eerste stort van die dag. Grimering is 'n mors van tyd en haar hare verg die minimum moeite. Sy draai dit gewoonlik in 'n bolla wat sy sommer vinnig maak met 'n frommelhaarband, knippies en dan met 'n haarnet bedek terwyl sy haar koffie stadig drink om elke slukkie te waardeer.

Meeste ballerinas verkies dit om op 'n nugter maag te

repeteer maar Landie het lankal opgehou om dit te doen. Die ander ballerinas sê dat hulle nie hou daarvan dat die kos in hul mae rondskud nie maar dit werk nie vir Landie nie. Miskien is haar metabolisme te vinnig of miskien het sy met 'n ma groot geword wat nie geduld het dat hulle maaltye oorslaan net om hul lyfies te behou nie.

Haar ontbyt bestaan gewoonlik uit twee eiers wat sy afwissel deur dit of te kook of roereiers mee te maak. Soos nou, wanneer sy by madame Rouxbaix se ateljee oefen, eet sy ook 'n bakkie Griekse jogurt met bessies en granola. Die oggende wanneer sy verslaap neem sy dit sommer saam met haar na die ateljee. Sy pak vinnig haar sak met genoeg water en opgesnyde groente om haar deur die oggend te hou en 'n bakkie hoender- of visslaai vir middagete wat sy by die ateljee in die yskas hou, afhangende van die oorskiet van die vorige aand se maaltyd in die yskas.

Teen halftien is sy by die ateljee vir haar eerste groepklas wat madame Rouxbaix nog steeds aanbied. Sy is gewoonlik vroeg daar sodat sy haar gunsteling plek by die barre in die agterste hoek kan kry.

Oor die jare het Landie al met verskillende opsies ge-eksperimenteer soos meeste ander ballerinas. Elkeen glo vas sy metode werk die beste maar Landie het lankal geleer om nie af te skeep nie. Sy verkies die toon kussinkies wat sy jare gelede in Londen opgespoor het. Dit word van dun jel-blaaie gemaak wat in materiaal oorgetrek is. Dit help om haar tone te beskerm teen die onwrikbare boks voor in die *point*-skoene. Die wrywing wat gewoonlik blase veroorsaak is aansienlik minder sedert sy dit begin gebruik het. Sy weet ander ballerinas gebruik nog sommer 'n gewone papierhandoek wat hulle in die helfte skeur. Hulle vou dit dan in die middel en draai dit om hul tone voordat hulle hul *point* skoene aanglip.

Teen die tyd dat sy klaar is, het Donnie en die ander dansers ook al by haar aangesluit.

Geselsend begin hulle opwarm terwyl hulle wag vir Madame Rouxbaix. Wanneer Madame wel by hulle aansluit, verwag sy dat die dansers al opgewarm moet wees en val sy sommer weg met die eerste roetines van die dag. Hierdie eerste klas van die dag is eenvoudig. Hul oefen weer en weer die basiese aspekte van ballet wat wissel van wat partymaal voel soos honderde *pirouette* of *saute's*.

Behalwe Landie en Donnie, is daar twee van die ander dansers wat ook hul oudisies geslaag het. Alhoewel hulle verskillende danse gaan dans, gebruik hulle die tyd na die groepsklas om saam voor te berei vir die vertoning.

Liesel Alkmaar en Janine Potrovsky is gekies as twee van die vier dansers om die "Dance of the Little Swan's" in Tchaikovsky se Swanemeer te dans. Landie en die ander senior ballerina by Madame Rouxbaix se ateljee, Leslie Colbert, gebruik die geleentheid om die dans saam met hulle te oefen onder Donnie se wakende oog. Mens weet nooit wanneer jy dit gaan nodig kry nie dus gebruik dansers elke geleentheid om 'n nuwe dans te leer of hul weer te verfris met 'n rol wat hulle lanklaas gedans het.

Na middagete, wat Landie en Donnie gewoonlik saam spandeer, is dit tyd vir Landie om so twee ure te repeteer vir haar solo-dans. Beide van hulle het elkeen 'n uurlange laatmiddag-klas vir laerskoolkinders voordat hulle die geleentheid kry om vir 'n verdere twee ure te repeteer vir hulle *pas de deux*.

Ballet is fisiek baie uitmergelend en kan soms gevaarlik wees. Beserings is algemeen wat veroorsaak dat 'n ballerina vertonings kan mis of in baie gevalle 'n loopbaan kort kan knip. Vra maar vir Donnie. Alhoewel Donnie weer begin dans het, is dit baie minder as vroeër en sal hy nooit weer dieselfde hoogtes bereik as voor sy besering nie. Hierdie rol is dus vir hom baie belangrik. Beide hy en Landie werk hard aan hul voorbereiding in die weke wat kom.

Landie probeer ook nog elke dag ten minste 'n vyftien-minute fisioterapie-sessie inpas by die fisioterapeut langs Madame Rouxbaix se ateljee. Taryn Lowe is al gewoond aan die dansers wat oor die jare by haar aangeklop het en Landie ken haar al van haar hoërskooljare.

Sedert haar besering verlede jaar is Landie meer versigtig. Die enkel wat haar laat les opsê het is nog steeds geneig om vinnig styf en moeg te word, maar soos die weke vorder, word dit weer sterker.

Teen die tyd dat sy so half-sewe in die aande by die huis kom, is sy pootuit. Partymaal is sy gelukkig om aandete, wat uit proteïen en groente bestaan, saam met Sonja en Amanda te geniet terwyl sy haar voete in 'n ysbad doop. Gelukkig het beide vriendinne ballet gedoen en is hulle al gewoond aan Landie se vreemde roetine. Vir hulle is dit nie meer snaaks nie.

Na 'n lang warm bad, is sy vroeg in die bed. Dit is wanneer sy gewoonlik 'n fliek op haar skootrekenaar kyk of 'n boek lees.

Vanaf 'n jong ouderdom kon Landie haarself in dans verdiep in so 'n mate dat sy van alles en om haar vergeet maar dit werk nie altyd nie. Dis gewoonlik in daardie uur of wat voor droomland, dat haar gedagtes dwaal na die man met die seegroen oë en haar laat wens dat dinge anders kon gewees het.

Sy moes egter aanvaar dat daardie droom nie vir haar beskore is nie. Daar is genoeg bewyse in die koerante dat Pierre nie so ernstig was as wat sy gedink het nie. Hy is beslis nie hartseer omdat sy geweier het om met hom uit te gaan nie of dat daardie soene enigsins iets beteken het nie.

P ierre frons ongeduldig terwyl hy na die inligtingsbord by OR Tambo lughawe staar. Sy ma het hom gesmeek om sy tannie en sy niggie op die lughawe te kom haal. Hulle het jare gelede Australië toe geëmigreer en kom sporadies kuier. Hulle is vir die volgende maand hier vir 'n familiekuier by sy ouers. Pierre het sy niggie verlede jaar gesien toe sy in Londen was met vakansie maar hy kan nie eens onthou wanneer laas hy sy tannie gesien het nie. Ten minste sal hy Jana herken want sy trek net soveel na die Basson's as Pierre self. Dis net haar haarkleur wat verskil maar die oë gee weg dat sy 'n Basson is.

Die vlug vanaf Sydney is alreeds tien minute laat en volgens die bord het dit nog nie geland nie. Hy strek sy bene voor hom uit en maak hom gemaklik. Dit gaan nie help om ongeduldig te raak nie.

Sy gedagtes begin sommer dadelik dwaal. Die laaste maand het hy besig gebly. Hulle is tans hard besig om voor te berei vir die eerste wedstryd in die Interprovinsiale toernooi oor twee weke en Pierre probeer om al die inligting soos 'n spons te absorbeer. Behalwe sy gewone oefening saam met die Buffalo Braves wat in die kompetisie speel en waarvan hy kaptein is, spandeer hy soveel as moontlik tyd saam met Tom Brady en Kobus om soveel as moontlik by hulle te leer. Die twee veteraan-afrigters is baie geduldig en hy is dankbaar daarvoor.

Tom gee Pierre genoeg tyd om met die voorspelers te werk en die inligting ploeg hy terug wanneer hy by die Onder 19-span uithelp. Dit is meer 'n geleentheid vir Pierre om die jong spelers te leer ken. Oor 'n jaar of wat gaan baie van hulle vir sy span speel.

Sy span.

Hy kan dit nog nie glo nie. Dit voel of hy met sy gat in die botter geval het want hy het nog nie soveel afrigtingskennis nie. Dit blyk egter dat Nicholas en die bestuurspan by die Buffels hom vertrou met die onder 21's. Gelukkig gaan Pete Matthews terug wees by die Buffels en gaan hy Pierre bystaan. Tom is ook nog daar by wie hy kan raad vra indien dit nodig is.

Tom en Kobus toets Pierre se kennis gereeld maar die senuwees knaag maar nog steeds.

Pierre weet hy het soveel tyd ingesit om saam met die ander afrigters en uitgehelp by Kobus se rugbyklinieke om besig te bly. Hy het selfs 'n skeidsregterskursus bygewoon maar niks help nie. Landie Schoeman het houvas gekry in sy gedagtes en dit maak nie saak wat hy probeer nie, sy klou soos 'n neet vas.

Pierre weet dat Landie hom vermy en hy het nou aanvaar dat sy nie van hom hou nie, al het daardie soene 'n ander indruk geskep.

Die ander ouens het jammer vir hom gevoel en vir hom blinde afsprake gereël maar nie een van die meisies wie hy die laaste maand probeer uitneem doen iets vir hom nie. Hy weet ook hoekom maar as hy nie vir Landie kan sien nie, hoe kan hy regkry om haar te oorreed om hom 'n kans te gee?

Lisbeth is hard besig om te werk daaraan om die kalender 'n werklikheid te maak, maar hy kan nie wag vir wanneer hulle die kalender gaan skiet nie. Dis nog te lank.

Sy enigste opsie is om Landie te gaan opsoek voor dan. Miskien as sy hom leer ken dan sal sy besef dat hy darem nie so slegte ou is nie.

Toe hy weer opkyk sien hy dat die vlug darem al geland het. Dit sal egter nog 'n rukkie neem voor die passasiers hul verskyning maak. Hy kan maar nog so rukkie wag.

En miskien kan hy intussen aan 'n plan dink hoe om Landie beter te leer ken.

7

Landie kreun effens toe sy haar voete in die ysbak laat sak. Miskien moes sy dalk eerder maar haar ander beproefde metode gebruik het en haar voete in Engelse soutwater gelawe het.

Vandag was 'n strawwe dag van repetisies by die balletgeselskap se ateljees. Sy het altyd gedink Donnie is 'n pyn maar Laura Davids, Jakaranda Ballet se hoof-choreograaf is 'n perfeksionis. Selfs Donnie het later onderlangs gebrom.

Sy hoor die voordeur oopgaan en hoor Amanda babbel. Amanda is egter nie alleen nie. Dis ook nie net Sonja se stem wat tussen Amanda s'n weerklink nie. Daar is nog iemand saam met hulle en Landie se hart ruk toe sy onmiddellik Pierre se stem herken.

Verskrik wil sy opspring maar dis reeds te laat. Pierre volg Amanda en Sonja die vertrek binne voordat Landie nog haar pynlike voete uit die bak kan lig. Sy hoor Sonja en Amanda se groet maar dan ontmoet haar oë Pierre s'n en voor sy weet wat sy doen, sak sy terug teen die kussings.

Sy trek haar blik verskrik weg van syne wanneer Amanda

aankondig, "Ons het Pierre hier buite gekry. Die arme man lyk so moeg dat ons hom vir ete genooi het. Hou hom so lank geselskap, Landie, terwyl ons gou verklee en die kos klaarmaak. Dit sal nie te lank neem nie. Ek het mos vanoggend die kerrie in die prutpot gesit."

Die twee verdwyn voordat Landie nog kon protesteer.

Sy vermy Pierre se blik en skuif vorentoe om haar voete uit die skottel te haal maar sy hand sak op haar been om haar te stop. "As ek na daardie blokkies ys in die water kyk, het jy dit seker maar pas ingesit. Moet nie om my onthalwe dit nou al uithaal nie."

Landie trek haar asem in. Haar oë beweeg vanaf sy hand wat nog op haar been rus op na sy gesig. Vir 'n paar oomblikke hou hul oë mekaar s'n gevange.

Sy stem klink skielik hees toe hy opmerk, "Jy lyk moeg. Het jy 'n moeilike dag gehad?"

Landie knik. "Ons het vandag ons eerste repetisies gehad by die teater."

Pierre frons. "Watse repetisie?"

Die ... uh ... die vertoning ..." begin Landie hakkelend, skoon ontsenu deur die kyk in sy seegroen oë. Sy klink seker soos 'n moroon. Vies maak sy haar keel skoon en begin weer, "Die Jakaranda Ballet-instituut se vertoning."

Pierre lig sy wenkbrou, "Sjoe, wanneer is dit?"

"Die openingsaand is die twee-en-twintigste Julie."

"Baie geluk. Ek weet nou nie veel van ballet af nie, maar wat ... Wat noem jy dit? Watter ballet gaan julle opvoer?"

Landie glimlag. Hy lyk so verleë oor sy gebrek aan kennis dat sy nie anders kan as om hom te terg nie. "Dan is dit tyd dat jy dalk leer."

Sonder om twee keer te dink antwoord hy blitsig terug, "Nou leer my dan, Sproetjies."

Landie skud haar kop. "Jy moet dalk eerder kom kyk."

"As jy Saterdagmiddag na ons eerste rugby-wedstryd in die Interprovinsiale toernooi sal kom kyk," stel hy sy eie ultimatum.

Landie besef dat haar plan om hom te terg bietjie gevou het. Nou het hy haar in 'n hoek en hy het nog ondersteuning ook. Sonja, wat net die vertrek ingekom het, voeg ook haar stuiwer in die armbeurs by Pierre toe sy beaam, "Ons het haar lankal probeer oorreed, Pierre. Miskien kry jy dit reg."

"Kom ons maak 'n ooreenkoms, Sproetjies. Jy kom kyk na ons rugbywedstryd en ons kom kyk na jou ballet. Hoe klink dit vir jou?"

Landie twyfel sterk of Pierre wel ballet toe sal gaan dus skroom sy nie om haar hand uit te steek om die ooreenkoms aan te gaan nie. In elk geval is dit net 'n rugbywedstryd en dis net oorkant die pad. Sy kan mos maar huis toe kom as sy verveeld raak. "Goed, dis 'n ooreenkoms."

Sonja lag. "Nou ja, daar het ek alles gesien. Landie, die kos sal so oor tien minute reg wees of het jy bietjie langer nodig?"

Landie skud haar kop en Sonja verdwyn weer terug na die kombuis. Vir die derde keer skuif Landie vorentoe om haar voete uit die bak te haal terwyl sy rondkyk op soek na die handdoek. Pierre lig dit op van waar dit teen die kant van die bank lê. "Soek jy hierdie?"

Landie knik en reik haar hand uit na die handdoek maar Pierre skud sy kop, "Laat my toe."

Landie wil protesteer. Sy is 'n balletdanseres. Sy weet haar voete is nie die mooiste nie al spandeer sy hoeveel ure by 'n voetkundige om haar voete te behandel. Pierre laat nie op hom wag nie. Hy lig summier Landie se een voet uit die water en begin dit afdroog. Nie te sag nie en ook nie hard nie, maar sy aanraking is ferm. Hy laat sak haar voet langs die bak en gaan sit voor haar op die koffietafeltjie om haar ander voet uit te lig voor hy dit dieselfde behandeling gee.

"Wat smeer jy aan? Room? Olie?"

Sy stem klink hees terwyl hy vra. Landie staar na hom maar dan kom sy uit haar beswyming by en beduie met haar kop na die bakkie op die tafel langs hom. "Ek het ... Ek het 'n vogroom wat ek met haselneut gemeng het. Dit help gewoonlik."

Pierre sprei die handdoek oor sy bene en lig Landie se voete tot op sy skoot. Sy kriewel haar tone ongemaklik en wil-wil terugtrek maar sy hand vou warm en ferm om haar enkel. "Sproetjies, sit stil."

En Landie sit stil. Hy maak die potjie oop en soos 'n wafferse terapeut skep hy van die room in sy hande en vryf dit teen mekaar om dit warm te maak. Landie kreun en haar oë val toe, toe sy hande om haar regtervoet vou en hy begin om haar voet te masseer. Amper te gou is hy klaar en begin met die linkervoet.

Landie sug toe hy sy beweging verstil wat 'n aanduiding is dat hy klaar is. Sy maak haar oë oop en kyk reguit in Pierre s'n vas. Landie haal skaars asem. Die atmosfeer tussen hulle is skielik elektries. Die hitte skiet van waar sy hande nog liggies oor haar enkels streel regdeur haar liggaam. Die skok van 'n begeerte so intens het Landie lanklaas, indien ooit vantevore, gevoel.

En die gevoel is wederkerig. Sy het geen twyfel dat dit wat sy in sy oë lees meer as net bewondering is nie. Begeerte. Sy is seker dit is wat dit is.

Landie kyk weg en bloos ongemaklik wanneer Sonja dit weer eens regkry om die oomblik te onderbreek. Vir 'n oomblik wonder Landie of sy die boodskap reg gelees het maar dan kyk sy na Pierre en sien 'n soortgelyke blos op sy wange wanneer hy sy hande wegtrek van haar enkels. Landie trek haar voete ongemaklik weg. Pierre staan op en hou die handdoek ongemaklik voor hom.

Hy buk skielik en tel die skottel op. Sy stem klink hees toe hy aanbied, "Laat ek dit vir jou badkamer toe neem."

Landie se bene voel nog so half lam en sy laat hom gedwee toe. Soos blits verdwyn hy by die deur uit.

Landie weet Sonja terg net toe sy vra, "Het ek iets onderbreek?"

Sy skud haar kop verwoed maar Sonja lag beterweterig. Gelukkig roep Amanda hulle om te kom eet en los Sonja die onderwerp daar. Dit gaan egter nie daar bly nie. Sy ken haar twee vriendinne en vanaand, wanneer Pierre weg is, gaan hulle haar uitvra oor wat tussen haar en Pierre aan die gebeur is.

En Landie weet nie wat sy hulle kan antwoord nie. Sy weet watter gevoelens Pierre in haar wakker maak maar sy is nog steeds nie so seker oor Pierre nie. Sy moet net onthou van die meisies waarmee hy die laaste maand in die koerant verskyn het en veral die donkerkop wat die laaste week so gereeld by hom kom kuier.

P ierre staan vir 'n oomblik stil in die badkamer en probeer sy libido onder beheer kry. Daardie oomblik ... *Goeie genade!* Dis al wat hy kan sê. Dit was so intens dat hy nou nog die effek voel. Hy kyk af na waar sy liggaam se duidelike reaksie steeds sigbaar is en kreun liggies.

Hy neem 'n paar diep asemteue en probeer sy gedagtes onder beheer kry. Hy moet binnekort uitgaan en Landie en haar twee vriendinne trotseer en hy kan dit nie doen in hierdie toestand nie.

Hy gooi die water uit in die bad en spoel die bak uit. Hy los dit onderstebo in die bad en hang die handdoek oor die bad se rand. Die alledaagse aktiwiteit verg nie veel aandag nie, maar tog slaag dit daarin om ander gedagtes hok te slaan.

Net vir die wis en die onwis was hy sy hande wat nog na Landie se room ruik en spoel sy gesig met koue water af.

Vir 'n oomblik kyk hy in die spieël en lag vir homself. As hy sy eie spieëlbeeld moet beoordeel lyk hy nou duidelik na 'n verliefde man. Hy het dit genoeg die laaste paar weke gehoor van sy vriende en sy familie. Dis blykbaar net Landie wat nie kan sien hoe hy oor haar voel nie. Selfs haar vriendinne weet dit. Dis hoekom hulle hom jammer gekry het vanaand en hom genooi het vir ete. Jislaaik, hulle het hom soos 'n oop boek gelees toe hy kamstig onskuldig oor Landie uitgevra het. Sonja het openlik vir hom gelag en vir hom gesê, "Dit lyk my jy het ons hulp nodig. Kom eet by ons. Landie sal nie sommer weer kan vlug nie. Miskien kry jy jou kans."

Hy het net verleë gelag en erken, "Ek is mal oor Landie maar ek dink nie sy hou baie van my nie."

Die twee het vir mekaar gekyk en gelag. Sonja het egter ernstig vir hom gesê, "Ek sal nou nie so sê nie maar Landie is versigtig. Sy het baie seergekry en is sku vir verhoudings. Sy sien nie weer kans vir seerkry nie. As jy nie ernstig is nie, los haar eerder uit."

Pierre, tot sy eie verbasing en skok het onmiddellik teëgestribbel. "Ek is ernstig. Landie het my voete onder my uitgeslaan die eerste dag wat ek haar in die park ontmoet het. Ek het gedink dat toe sy uitvind dat ek nie getroud is nie, sy dalk met my sou uitgaan maar sy het nog steeds geweier. Ek weet sy vermy my. Ek weet nie meer wat om te doen nie."

Weer eens het die twee meisies vir mekaar gekyk en het Sonja weer die leiding geneem in die gesprek, "As ek jou kan raad gee, moenie te haastig wees nie. Sy het 'n rowwe tyd vorentoe en 'n nuwe verhouding gaan dit moeilik vir haar maak om haar konsentrasie te behou. Word eers vriende en wen haar vertroue. Wees daar vir haar en ondersteun haar."

Pierre het verward vir haar gevra wat sy bedoel maar Sonja het net skalks geantwoord, "Nee, jinne. Dis iets wat jy vir jouself moet doen. Ons kan nie al jou vrywerk vir jou doen nie."

Pierre moes maar verleë lag maar hy het nog steeds gewonder. Nou weet hy.

Hy kan verstaan dat die voorbereiding vir die opvoering baie van haar gaan verg. Hy het gesien hoe moeg sy vanaand lyk en hy kan homself indink dat dit nog erger gaan wees in die tyd wat hulle dit gaan opvoer maar hy neem homself voor dat hy daar gaan wees vir haar. En as hy elke aand haar voete moet masseer soos vanaand dan sal hy dit doen.

Hy kan nou nie eens daarteen stry nie. Al dink hy Landie is perfek moes hy erken dat sy nou nie die mooiste voete het nie maar dit het hom nie eens afgesit nie. Eintlik het hy net meer bewondering vir haar gekry want al daardie knoppe en eelte en stomp toonnaels is 'n bewys van haar harde werk en deursettingsvermoë.

Dis toe dat hy besef het dat dit wat hy vir Landie Schoeman voel is baie meer as die aanvanklike aantrekkingskrag of verliefdheid wat hy gedink het. Daniel het dit nou die dag mooi gestel toe hy gesê het dat jy sal weet wanneer jy die regte een ontmoet en jy in haar oë kyk.

Dit is wat vroeër gebeur het toe Landie haar oë oopgemaak het. Toe hulle vir mekaar kyk het hy sy toekoms in haar oë gesien. 'n Toekoms vol liefde en kinders en oudword en swaarkry, ja maar dit is 'n toekoms met Landie.

Kon sy die boodskap lees? Pierre is nie seker nie want alhoewel hy geskok was oor die skielike besef oor hoe hy werklik oor haar voel, het die begeerte na haar die oorhand gekry.

Hy besef hy sal beide moet onderdruk as hy Landie se hart wil wen.

Altans vir nou maar hy weet nie vir hoe lank nie.

. . .

D ie aand het verbasend goed afgeloop as Landie in ag moes neem hoe ontsenu sy was daardie paar oomblikke voor Sonja haar en Pierre onderbreek het. Gelukkig het Sonja want sy het so amper 'n gek van haarself gemaak en haarself in sy arms gegooi.

Dit moes daardie voetmassering gewees het. Sy was al klaar amper in 'n beswyming daaroor en toe sy vir hom kyk ... Sjoe, al waaraan sy kon dink was dat sy hom wou soen soos hy haar daardie dag op Nyathi gesoen het. En hierdie keer sou dit nie by soen gebly het nie. Sy is daarvan oortuig.

Die hitte tussen hulle was voelbaar. As dit 'n paar minute vroeër gebeur het sou al daardie ysblokkies in sekondes gesmelt het.

"Landie!"

Landie wip soos sy skrik toe Amanda die tafel voor haar klap. Sy bloos bloedrooi toe sy sien dat haar tafelgenote en Pierre haar geamuseerd dophou. Pierre vra, "Waar was jou gedagtes, Sproetjies?"

Sy kyk op na hom en bloos dan net nog meer. Nee, sy gaan beslis nie daardie vraag antwoord nie. Sy lig net haar ken en baklei sommer, "Hou op om my Sproetjies te noem."

Maar dan onthou sy wat hy daardie dag geïnsinueer het, en bloos sommer weer van voor af. Dekselse man.

Miskien het hy ook daaraan gedink, want sy oë bly vasgenael op haar mond.

Amanda sug oordrewe, "Ai tog. Nou is dit altwee," terwyl sy haar oë vir Sonja rol. Dié lag net toe beide Landie en Pierre bloos.

Landie maak haar keel skoon en vra, "Wat het jy gesê?"

Sonja skud haar kop laggend. "Ek het niks gesê nie. Pierre het ons genooi om Saterdagaand na die rugbywedstryd by The Final Whistle iets te gaan eet. Hulle doen dit gewoonlik na wedstryde. Ek en Amanda het klaar ja gesê so jy het nie veel van 'n keuse nie. Jy sal nou maar net moet saamgaan. Dis jou eie skuld dat jy so droomverlore is dat jy niks hoor nie."

Landie skuifel ongemaklik rond. Die rugbywedstryd was een ding maar om meer tyd in Pierre se geselskap te spandeer? Dis moeilikheid soek. Sy loer vinnig na sy kant en vind sy aandag op haar. Dit lyk of hy gespanne op haar antwoord wag.

Sy wonder skepties daaroor. Sy is seker daar is genoeg meisies wat oor sy aandag gaan baklei. Sy het mos gesien in die koerant. Na elke wedstryd is daar een of twee wat aan hom hang. Kyk nou maar daardie donkerkop wat hom so gereeld besoek. Hoekom sou hy nou haar ook daar wou hê?

Net die gedagte aan die ander meisies veroorsaak 'n vlaag van jaloesie wat haar onkant vang. En dan onthou sy daardie oomblik voor Sonja ingekom het en voor sy haarself kon kry doen sy die simpel ding en knik.

P ierre blaas sy asem wat hy nie onbewustelik opgehou het terwyl hy vir Landie se antwoord wag, hoorbaar uit. Dit veroorsaak natuurlik dat Sonja van voor af giggel. Haar lag is so aansteeklik dat hy nie anders kan as om verleë saam te lag nie. Dit weer veroorsaak dat Landie verward na hulle kyk. Gelukkig lyk dit asof dit net Sonja is wat sy reaksie waargeneem het.

Hy dink hy skuld vir Sonja en Amanda 'n geskenkie vir hul hulp vanaand. Hy twyfel nie dat hy dit Saterdag ook gaan nodig kry nie al het Landie ook nou ingestem.

Hy sal later planne maak. Nou wil hy eers meer uitvind oor die meisie wat sy hart so vinnig gesteel het dat hy dit nie eens agtergekom het nie.

"Hoe lank is julle drie al vriende?" vra hy oor die algemeen. Hy het vinnig besef as hy meer van Landie wil weet sal hy haar vriendinne moet betrek. Die twee is nie so sku om met hom te praat soos Landie nie.

"Van kleuterdae af. Vandat ons ma's ons na Landie se ma geneem het om ballet te doen toe ons omtrent so drie was, dan nie?" sê-vra Amanda terwyl sy om die beurt na haar vriendinne kyk.

Sonja knik, "Alhoewel teen daardie tyd was Landie ons al ver voor maar sy het elke les nog saam met ons geoefen."

"Wanneer het jy dan ballet begin doen?" vra Pierre direk vir Landie.

Sy lag. "Ek dink ek kon ballet doen nog voor ek behoorlik kon praat. Ek het in my ma se ateljee grootgeword. As ek nou moet terugdink is my eerste herinneringe alles verbonde aan my ma en haar ateljee. Sy het my blykbaar so tussen klasse gevoed. Volgens haar was dit al waar ek rustig was. Miskien was dit die musiek."

Pierre verstom hom aan die verandering aan haar gesig as sy oor haar herinneringe en ballet praat. Die kuiltjie maak weer sy opwagting langs haar mond, so diep dat hy amper sy vinger daarin kan druk. Hy sal die hele aand vir haar kan kyk maar hy weet nog te min van haar dus vra hy weer, "Nou waar was dit? Hier in Pretoria?"

Landie skud haar kop maar Sonja antwoord, "Nee gits, ons is plaasjapies. Ons het almal rondom Nelspruit op plase grootgeword al het Landie se ouers nie geboer nie."

"Nou wat het julle dan op die plaas gedoen?" frons hy verward.

"Tot my oupa se teleurstelling was sy enigste seun nie 'n plaasboer nie. My pa is 'n beeldhouer en my ma 'n balletonderwyseres. Toe my oupa oorlede is het my pa die jongste seun van een van die bure as plaasbestuurder aangestel. En tot my pa se verligting is my suster, wat ook 'n beeldhouer is, nou met Deon getroud en bly die plaas dus nog in die familie."

Pierre knik en dan skielik gaan 'n lig op. "Wag so bietjie. Is jou pa Johan Schoeman, die ou wat die standbeeld van een van die vorige presidente gemaak het? Die een wat voor die Parlement in Kaapstad staan?"

Landie knik. "Dis hy, ja. Nie dat mense sy gunsteling onderwerp is nie, maar hy het dit as 'n guns gedoen. Hy hou meer van diere."

"Jy kom dus uit 'n kunstige familie met jou pa as 'n beeldhouer en jou ma 'n ballerina. Wou jy nie in jou pa en suster se voetspore volg nie?"

Landie skud haar kop. "Nee, definitief nie. Ek hou nie daarvan dat my hande vuil word nie," erken sy met 'n laggie.

"Ja, Landie is daardie een wat altyd 'n nat lappie in haar sak het om haar hande skoon te maak," spot Amanda. "Sy is so paranoïes dat sy na sy haar hande gewas het weier om aan die badkamer deur te raak."

"Spot maar. Ek hou nie van kieme nie."

Pierre glimlag. Gelukkig is sy darem nie heeltemal perfek nie. Dit sou te vreesaanjaend wees om met 'n perfekte mens saam te leef. As 'n rugbyspeler is hy gewoond aan van sy mede-spelers se bygelowe. Hy moet erken hy het ook een of twee maar hy ken 'n paar wat baie erger bygelowe as hy het.

"Behalwe jou teensinnigheid met kieme, het julle dansers ook bygelowe?"

Al drie vroue bars uit van die lag. Sonja en Amanda rol hul oë en spot met Landie. "Ons ken nie een ballerina wat nie bygelowe het nie maar Landie vat die koek."

"Soos wat?" vra Pierre met 'n laggie.

Sonja begin op haar vingers aftel: "Een, moet nooit vir haar blomme voor 'n vertoning gee nie. Twee, moenie vir haar voorspoed toewens nie. Drie, moet nooit vir haar angeliere gee nie. Vier ..."

"Jinne, julle laat dit klink asof ek paranoïes is. Die meeste ballerinas het die bygelowe soos die blomme voor die vertoning of om nie jou voorspoed toe te wens nie. Ek erken ek het miskien so paar ekstra maar dis nie so erg nie."

"Hoekom mag jy nie blomme voor die tyd gee nie?" vra Pierre verward.

Landie rol haar oë. "Dis ongelukkig, natuurlik. Mens kan nie blomme voor 'n vertoning kry nie. Daarna, ja, maar nie voor die tyd nie."

"En hoekom nie angeliere nie?"

"My ouma het altyd gesê dis begrafnisblomme."

"So wat verkies jy dan?"

"Rose. Net rooi rose, nie ander nie. Of miskien dalk lelies, of irisse. Ander ballerinas verkies weer net pienk rose, maar rooi bly maar my gunsteling. En dit mag ook nie in die sellofaan toegemaak wees nie. Dit bring ook ongeluk."

Pierre skud laggend sy kop. "Jinne, ek het gedink rugbyspelers is bygelowig maar dit klink my julle is nog erger. Is daar nog bygelowe waarvan ek moet weet wanneer ek na jou vertoning kom kyk?"

Landie knik ernstig. "Ja, jy mag nie fluit nie. Dit veroorsaak ongelukke en beserings. "

"En as mens jou nie mag voorspoed toewens nie, hoe weet jy dat ons aan jou dink en wil hê dat dit moet goed gaan?"

Landie se oë glinster ondeund. "O, daar is baie maniere wat jy dit kan sê. Persoonlik hou ek nie van 'break a leg nie' maar dis een manier. Hier in Suid-Afrika gebruik ons toi-toi. Moenie vir my vra hoekom nie."

"Toi-toi soos in die protes-dans?" vra Pierre verward.

Landie lag. "Net so. In Australië gebruik hulle 'chookas'. Daar is ander. Elke land het omtrent sy eie weergawe en dit kan nogal verwarrend wees as jy dit nie ken nie."

"Nee jinne. Miskien moet jy 'n handleiding skryf dat ek weet wat om te doen en nie te doen nie," doen Pierre aan die hand.

"Toe maar, ons sal jou vinnig reghelp," belowe Amanda. "Ons ken al Landie se reëls net so goed soos sy."

"Dankie," lag Pierre. "Ek dink ek gaan dit nodig hê.

Pierre kyk weer na Landie. Sy lyk skielik moeg en hy besef dat die aand vinnig verbygevlieg het. Hulle het lankal reeds klaar geëet maar het nog die hele tyd gesit en ginnegaap. Nie dat hy kla nie. Hy het vanaand meer van Landie geleer maar daar is nog soveel meer wat hy wil weet. Vanaand gaan dit egter nie gebeur nie.

Hy kyk na Amanda en Sonja as hy opstaan en die borde begin bymekaar maak. "Ek het heerlik geëet, baie dankie. Kan ek help opruim?"

Die twee kyk vir mekaar en glimlag kopskuddend, "Nee, maar baie dankie vir die aanbod. Ryan was so oulik om 'n skottelgoedwasmasjien in te bou. Dit spaar ons baie moeite," verduidelik Sonja terwyl sy die borde by Pierre neem.

"As julle seker is, dan gaan ek maar groet. Weer eens, baie dankie."

Sonja stamp Landie teen die skouer en por haar aan, "Stap jy gou saam met Pierre deur toe terwyl ons opruim."

Landie se oë fladder in sy rigting maar sy staan tog so half onwillig op. Pierre gryp sy baadjie wat hy vroeër uitgetrek het en oor die stoel gehang het en volg Landie na die voordeur. Hy roep goeie nag oor sy skouer na die ander twee en hoor hul groet maar al wat hy bewus is van is die meisie wat voor hom stap.

Sy maak die deur oop en staan opsy vir hom om verby te kom. Pierre stop voor haar. Hy lig sy hand en vee liggies oor haar wang. Hy brand om haar te soen, veral as sy hom grootoog beskou.

Hy leun af om in te gee tot die versoeking maar op die laaste sekonde herinner hy homself aan sy voorneme. Hy vee sy mond slegs liggies oor haar voorkop en fluister, "Nag, Sproetjies. Soete drome."

Hy swaai om en stap vinnig na sy woonstel voordat hy van plan verander. Dit is eers nadat hy al amper om die hoek is wat hy hoor hoe die deur agter hom toe klik.

Hy blaas sy asem uit en glimlag dan.

Landie se teleurgestelde reaksie dat hy haar nie gesoen het nie, het hom nie ontgaan nie.

8

Landie kom agter Sonja en Amanda tot stilstand. Sy loer om Amanda en haar moed sak in haar skoene. Hulle was blykbaar nie die enigste vir wie Pierre kaartjies gereël het nie.

Landie is ongemaklik bewus van vier paar nuuskierige blikke wat haar ietwat geamuseerd beskou terwyl Leon hulle voorstel. Sy dog eers dis haar verbeelding maar hoe langer die bekendstelling duur, hoe meer oortuig is sy daarvan. En ja, sy was nie verkeerd nie. Pierre se hele familie is daar. Langs Mari sit 'n donkerkopmeisie met dieselfde kleur seegroen oë as haar twee broers. Izané is blykbaar die jongste suster in die gesin en onlangs getroud met haar jeugliefde, Jaco. Reg agter hulle sit hul ouers, Dirk en Zelda Basson, en Dirk se oorlede broer se vrou, Mara, wat tans uit Australië hier kuier.

Landie neem nog steeds effe ongemaklik haar sitplek langs Sonja in en loer vinnig rond. Langs haar is nog 'n oop sitplek en langs Leon nog twee. Sy hoop regtig nie daar is nog familie of vriende wat sy nog moet ontmoet nie. Sy voel al klaar asof sy onder 'n vergrootglas is.

Haar hoop word egter gou verpletter. Sy draai haar kop toe sy kinders se gebabbel hoor en kreun byna toe sy die donkerkopvrou wat sy etlike kere die laaste twee weke by Pierre se woonstel gesien het, by die trappies opstap met Leon se tweeling aan die hand. Toe hulle naby aan die ry kom waar Landie-hulle sit, los die seuntjies die vrou se hande en hardloop na die ry waar hul ouers sit en skuifel in.

Landie voel ongemaklik toe die vrou in hul ry inskuif. Sy hoor die Australiese aksent toe sy die mense wat hul sitplekke reeds op die punt ingeneem het, in Engels om verskoning vra vir die moeite.

Toe sy verby die laaste persoon skuifel, val haar oë op Landie-hulle. Landie verbeel haar dalk net maar dit voel vir haar asof die vrou haar net so aandagtig beskou soos Pierre se suster en ouers gedoen het. Sy kan egter nie juis sien nie want die vrou dra 'n donkerbril wat haar uitdrukking verberg.

Die vrou antwoord eers Mari se vraag of die seuns hul gedra het voordat sy die sitplek langs Landie inneem. Landie weet nie waar om te kyk nie.

Jinne, sy het al soveel fantasieë oor Pierre gehad en nou moet sy langs die meisie sit saam met wie sy hom die laaste ruk so gereeld gesien het. Wat sal die meisie dink as sy weet waaroor Landie droom? En dit nogal met haar kêrel?

Die meisie draai haar kop na Landie en steek haar hand glimlaggend uit en sê in vlot Afrikaans, "Ek is Jana."

Met haar ander hand druk sy haar sonbril tot op haar kop en voeg by, "Jana Basson. Pierre se niggie van Australië. En jy is Landie."

Landie bloos verskrik. "Hoe ... Hoe weet jy?"

Voordat Jana egter kan antwoord, pop Sonja se kop langs Landie op en sê, "En ek is Sonja en dis Amanda."

Jana erken die bekendstellings met 'n glimlag en eers toe

Sonja weer terugsit in haar sitplek antwoord sy Landie se vroeëre vraag.

"Hoe het ek geweet jy is Landie?"

Landie knik.

"Wel, Pierre het jou so goed beskryf dat ek nie juis anders kan as om jou te herken nie. Ek het gehoop dat ek jou vroeër sal raakloop maar Pierre sê jy is baie besig op die oomblik."

Landie knik, nou bietjie meer gemaklik met die situasie. "Dis reg. Ons het hierdie week volstoom met repetisies begin."

"Jy is 'n ballerina, nè?"

Landie knik weer en Jana begin sommer verder babbel, "Sjoe, ek bewonder julle. Ek het probeer ballet doen toe ek klein was maar vra my ma, ek is so lomp. Ek het heeltemal uit die bus geval toe koördinasie-talente uitgedeel is. Dis nie te sê dat ek nie dit waardeer nie. Ek gaan nogal gereeld teater toe, en ballet is een van my gunstelinge. Ek bly nie te ver van die Kunssentrum in Melbourne nie."

Landie glimlag. "Ek het een seisoen daar gedans. Wel daar, maar ons het ook getoer. Dis heel toevallig dieselfde rol wat ek nou repeteer."

Jana glimlag. "Wanneer en wat was dit? Miskien het ek jou nog sien dans!"

"Vier jaar gelede. Ek het die rol van Swanhilde in Coppélia gedans."

Jana se gesig val. "Ag nee. Dit was nou een van die wat ek gemis het. Deksel se blindederm het gebars die aand vantevore en na ek uit die hospitaal ontslaan is kon ek nie weer kaartjies kry nie."

"Tot wanneer is jy hier?" vra Landie.

"Nog 'n hele drie weke. Universiteite begin eers die einde Julie."

"Wel, dan is jy hier vir ons openingsaand oor twee weke. Dit is net vir 'n week en ook nie 'n volledige ballet nie. Dit is 'n paar kort tonele uit van die bekendste balletstukke aangesien dit die nuutgestigte Jakaranda Ballet-instituut se debuut-uitvoering is."

"Ek sal graag wil kom, baie dankie."

Voor Landie egter kan reageer, onderbreek die aankondiger se stem hulle.

'n Groep spelers draf uit in sulke donkerrooi truie wat Landie nie herken nie. Na hulle aan een kant van die veld hul plekke ingeneem het, weerklink die stadion met die Buffels se bekende lied. Landie het dit die laaste paar maande sedert hul in hul woonstel ingetrek het, gereeld gehoor. Sy moet erken, dit is heeltemal anders om dit hier te hoor waar die kleinerige skare saamsing as wanneer sy dit van oorkant die pad af hoor.

'n Tweede groep spelers in liggrys truie en donkergrys broeke hardloop op die veld en neem hul plekke aan die teenoorgestelde kant van die veld in. Landie moet erken dat alhoewel sy nog steeds nie 'n idee het wat aangaan nie, al het Sonja en Amanda haar die laaste twee dae probeer leer, voel sy tog die opgewondenheid in die stadion aan toe die fluitjie blaas vir die wedstryd om te begin.

Sy rek haar nek om te kyk waar Pierre is, net om te sien hoe 'n speler hom hoog in die lug lig en hy die bal sekuur met twee hande vang. Die speler ondersteun hom en bring hom terug grond toe, net betyds voor die ander span se spelers op hulle toesak.

Die spel is freneties en teen die einde van die eerste helfte voel Landie skoon pootuit. Met al daardie gehardlopery, en geduikery, kan sy dink hoe die ouens se lywe moet voel. Die spelers begin terug draf na die pawiljoen. Hulle verdwyn in die tonnel reg langs Landie-hulle se sitplekke. Net voor Pierre agter die res van die spelers onder die pawiljoen in verdwyn, kyk hy op, sy oë soekend in hul rigting. Toe hy haar oog vang, glimlag hy.

En al wat Landie kan doen is terug glimlag, totaal en al

onbewus van sy familie en haar vriendinne wat daardie kyk en glimlag aanskou het. Daarvoor klop haar hart gans en al te vinnig.

"Ek skuld julle iets," glimlag Pierre vir Sonja en Amanda terwyl Landie en Jana badkamer toe is.

"Jy beter," terg Amanda. "Dit was nie maklik om haar te oortuig nie. Al het julle 'n ooreenkoms aangegaan het sy nog steeds probeer uitdraai. Dis net haar gewete wat haar laat kom het" Sy grinnik vermakerig toe sy voortgaan, "En ons is haar gewete."

Pierre beskou haar onseker. "Is jy seker? Dink jy nie daar is 'n klein kansie dat sy my tog wou sien nie?"

Sonja skate., "O hemel, jy het die skoot hoog deur."

Landie en Jana se terugkeer maak egter die einde aan hul gesprek. Toe Landie weer haar plek langs hom inneem, bevestig dit sy voorneme om wel iets vir Sonja en Amanda te koop om dankie te sê. Nie net vir vanaand nie, maar ook dat hulle hom Woensdagaand vir ete genooi het.

Pierre voel nogal half ongemaklik omdat hy jaloers voel omdat Jana en Landie so goed oor die weg kom. Hulle babbel al die hele tyd en hy kry skaars die kans om alleen met haar te praat. Hy is egter dankbaar daarvoor toe Sonja en Amanda aankondig dat hulle huis toe wil gaan en Jana Landie oortuig om nog so 'n rukkie te bly. "Pierre kan mos saam met jou terugstap," bied Jana sy dienste aan.

Landie stry nie eens daarteen nie. Terwyl sy haar vriendinne groet, knipoog Jana vir hom oor Landie se kop en hy onderdruk sy glimlag. Hy moes geweet het dat Jana aan sy kant is.

Leon en Mari skuif nader en vir die volgende halfuur gesels hulle rustiger voordat Mari vir Leon aanpor om aanstaltes te maak. Hulle moet nog die tweeling by hul ouers gaan haal. Toe

Leon opstaan, staan Jana ook op. "Ek kan mos sommer saam met julle ry in plaas daarvan om my eie huurmotor te kry."

Sy draai na Pierre en sê, "Sien jou môre vir middagete. Hoekom bring jy nie sommer vir Landie saam nie?"

"Ja," beaam Mari. "Dis nou 'n goeie idee. Solank Jana haar net nie weer die hele tyd gaan monopoliseer nie."

Jana lag. "Nou toe. Ek belowe."

Die blos sprei oor Landie se wange terwyl al vier Basson's wag vir haar antwoord. Sy kyk op na Pierre, effens verward en verbouereerd en hy stel haar vinnig gerus, "Dit sal lekker wees as jy kom. Dis niks formeel nie en ek kan jou belowe, nogal chaoties en lawaaierig maar ek is seker jy sal dit geniet."

"Is jy seker?"

Pierre knik. "Ek is seker, Sproetjies. Sê asseblief dat jy sal kom."

Nog duidelik onseker knik sy haar instemming en Pierre voel die verligting oor hom spoel. Die lysie van mense wie hy moet bedank word al hoe langer maar hy gee nie om nie. Hy besef nou dat hy een ding vergeet het. Dis 'n les wat hy moes onthou het van sy vriende se onlangse liefdeseskapades.

Partymaal het mens 'n span nodig om die liefde van jou lewe te oortuig sy is die een. Kyk nou maar vir Jakes en Daniel.

En net daar vat nog 'n idee pos. Hy *het* mos 'n span.

En hy is 'n man wat leiding kan neem.

L andie is nie seker hoe sy hierdie nuwe verwikkelinge moet hanteer nie. En sy kan ook nie haar gevoelens verstaan nie.

Sy was bekommerd oor die tyd wat sy saam met Pierre en sy familie spandeer. Dit het gevoel asof dinge net te vinnig gebeur, so asof daar meer tussen Pierre en haarself is maar nou weet sy nie meer nie.

Sy kan maar erken. Sy was teleurgesteld toe hy haar

Saterdagaand huis toe geneem het en hy nie eens probeer het om haar te soen nie. Die ligte soentjie op haar voorkop tel nou nie. Dieselfde Sondag. Dis asof sy net 'n familievriendin was wat die dag saam met hulle spandeer het.

Nee gits. Dit is mos wat sy wou gehad het, dan nie? Hoekom is sy nou so vies daaroor?

Sy kan haarself nie verstaan nie en dit krap haar sommer om.

Om nie te veel te dink aan Pierre Basson en sy onverklaarbare gedrag nie, werk sy harder gedurende repetisies as die vorige weke. Selfs Donnie het naderhand sy wenkbroue gelig maar Landie het dit geïgnoreer en net nog harder gewerk.

Dit was nog erger toe sy Woensdagoggend uit die kompleks ry en die bus voor die stadion sien staan. Pierre was daar met 'n knipbord in sy hand, klaarblyklik besig om die bagasie wat in die bus gelaai word, te kontroleer of so iets. Hy het opgekyk toe Landie verbyry, geglimlag en gewuif.

Net daardie klein gebaar en dit het haar hart laat fladder.

Vies vir haarself het sy harder gewerk die dag tot Madam Rouxbaix haar uit die ateljee gejaag het om te gaan ontspan.

Dis juis wat sy nie wou doen nie want as sy ontspan dan dink sy te veel aan Pierre en haar verwarrende gevoelens.

Sondagmiddag, toe hy aan hul deur klop, weet Landie dat al haar voornemens en besluite niks gaan beteken nie. Sy hoef nie eens na hom te kyk nie. Net een kyk in daardie seegroen oë en sy is verlore. Een glimlag, en sy wil hom sommer gryp en soen.

"Hallo, Sproetjies. Het jy my gemis?"

Sy lig haar ken om hom snipperig iets toe te snou maar dit werk nie. Hoe kan sy? Dit voel dan asof sy skaars kan asem haal. Nee, sy staan maar eerder opsy en vra so half heserig, "Wil jy inkom?"

Pierre laat hom nie twee keer nooi nie. Hy het skaars geknik toe draai Landie vinnig om en stap na die sitkamer waar sy saam met Sonja en Amanda besig is om koffie te drink. Die twee hang elkeen oor 'n stoel en staan nie eens op toe Pierre inkom nie. Hulle groet hom so oor die skouer en beduie vir hom om te sit. Landie staan nog huiwerig en vra vir hom, "Wil jy koffie hê? Daar is nog in die pot."

Hy glimlag weer vir haar en hy het nog skaars gesê, "Ja dankie. Melk, sonder suiker," toe is sy al klaar by die deur uit. Ongelukkig neem dit nie lank om sy koffie te skink nie. Nie lank genoeg om haar fladderende hart onder beheer te kry nie, in elk geval.

Sy is net betyds om te hoor hoe Pierre vir Sonja en Amanda sê, "Ek het mos belowe ek sal vir julle 'n geskenkie gee om te bedank vir die heerlike ete verlede week en dat julle kom kyk het hoe ons speel. Ek het hierdie vir julle gekry toe ons in Durban was."

Sy woorde laat die twee summier regop sit en in afwagting na hom kyk. Hy oorhandig 'n groen, syerige materiaal-sakkie aan Sonja en 'n lig-gryse aan Amanda. "Ek hoop julle hou van dit. Ek het gesien jy is lief vir wit en swart, Amanda en jy dra altyd 'n smarag-hangertjie, Sonja."

Beide van hulle neem die sakkies by hom en skud die inhoud uit. Beide se reaksie is dieselfde wanneer hulle "Oe" en "A" oor die armbande wat hy vir hulle saamgebring het.

"Wat van Landie?" vra Sonja.

Pierre kyk skalks na Landie voor hy haar vriendin antwoord, "O, Landie kry sommer twee."

"Dis nie regverdig nie, argumenteer Sonja en Amanda gelyk. "Hoekom word Landie voorgetrek?"

"Omdat Landie spesiaal is."

Die twee vou hul arms oor hul borste en kyk hom uitdagend aan, vraagtekens op hul gesigte maar vir Landie lyk dit hulle dik van die lag is. Landie se kop beweeg soos een wat 'n tenniswedstryd kyk vanaf Pierre na haar twee beste vriendinne en dan terug na Pierre. Sy oë vang hare vas vir 'n oomblik en dan glimlag hy. O jinne weet. Sy het geweet hierdie man is moeilikheid, en daardie glimlag bewys dit net weer eens.

Pierre Basson gaan dit baie moeilik maak om by haar besluit te hou om nie in 'n verhouding betrokke te raak nie. Nie nou nie, in elk geval. Met haar geskiedenis met verhoudings is dit regtig beter om eerder daarop te konsentreer. Mans, en mans soos Pierre Basson, is nie goed vir haar konsentrasie nie.

Landie sug onderlangs. Wie flous sy nou? Vandat sy en haar twee beste vriendinne in die meenthuis in dieselfde kompleks as die groot rugbyspeler ingetrek het, het hy haar bene lam gemaak.

Haar beste vriendinne van die dag by haar ma se balletskool ontmoet het, kan nie glo dat sy nie vir Pierre 'n kans wil gee nie. Soos Sonja redeneer, watter vrou kan nou daardie man met sy sespak-lyf en seegroen oë weerstaan? Pierre Basson is gevaarlik aantreklik. As hy nou arrogant was, of ongeskik of selfs dom, sou dit makliker wees om hom te weerstaan.

Nee, hy het beslis nie agter in die ry gestaan toe talente en voorkoms uitgedeel is nie. Hy was op sy tyd een van die beste flanke in wêreldrugby en het gereeld vir die Buffels asook vir die Springbokke uitgedraf voordat hy Engeland toe is.

Blykbaar het Sonja en Amanda besluit dat dit nie gaan help om met Pierre te argumenteer nie. Hulle lag, gee Pierre 'n drukkie en voordat Landie weet wat aangaan maak hul verskoning om reg te gaan maak vir afsprake wat Landie die eerste woord van hoor. Landie besef skielik paniekerig dat sy nou alleen is met die man wat haar dinge laat voel wat geen ander man nog reggekry het nie.

As sy nou slim wou wees, sou sy verdwyn het maar dit voel asof haar voete vasgenael is aan die grond. Haar oë is gevestig op Pierre, wat nou stadig na haar toe stap waar sy nog steeds met sy beker koffie in die hand staan. Landie byt haar onderlip senuweeagtig. Hy stop so naby aan haar dat sy die speserygeur van sy naskeermiddel kan ruik. Sy moet haarself stop om haar asem diep in te trek of erger nog, nader te leun aan hom om nog beter te kan ruik. Nie dat sy ver hoef te leun nie, want hy staan naby genoeg aan haar. Eintlik so naby dat sy Pierre se liggaamshitte kan voel.

"Landie?"

Landie kyk op toe hy skielik praat. Sy stem klink so half onseker, wat nogal raar is vir 'n man soos Pierre. Hy is gewoonlik die ene selfvertroue.

"Ek het vir jou ook 'n geskenkie," sê hy. "Eintlik twee."

"Hoekom twee?" vra Landie die eerste vraag wat in haar kop opkom.

Pierre glimlag so half skewerig, wat weer eens haar bene lam maak. Wel, meer as gewoonlik want die skewe glimlag wys dat hy ook 'n man is wat partymaal onseker is. Wanneer hy in die omtrek is, is dit asof sy in 'n permanente staat van lamboudia is, soos Sonja dit genoem het toe hulle tieners was. Bene lam. Boude lam. Kop heeltemal deurmekaar. Alles teken van lamboudia.

"Wel, ek het die eerste een gekoop saam met Sonja en Amanda s'n, alhoewel joune anders lyk as hulle s'n. En so dag of wat daarna het ek hierdie ander een gesien, en geweet dat dit eintlik jy is. En dat dit dalk kan sê wat ek eintlik wil sê en al so lank sukkel om te doen."

Hy haal die eerste armband uit sy sak, en skud dit uit die blou sy-sakkie op sy palm uit. Dit lyk inderdaad soos die wat hy vir Amanda en Sonja gegee het, maar hare is in skakerings van blou. Landie sit die beker op die tafeltjie neer en steek haar vingers uit om die armband van hom te neem. Sy hand is so groot dat die armband eintlik klein lyk. Haar vingers raak aan sy hand en sy voel die rilling oor haar ruggraat gly.

Landie haal diep asem terwyl sy die armband bestudeer. "Dis pragtig," kry sy uiteindelik uit.

Sy stem klink anders toe hy weer praat, so half heserig dat Landie verbaas na hom kyk. Sy sien dat sy gesig effens verkleur.

Bloos hy? Goeie genade, sy sou dit nou nie kon verwag nie, maar Landie se gedagtes steek vas soos haar oupa se muil toe hy weer na haar kyk en daardie snaakse kleur oë hare vasvang. Die effense glimlag is weer om sy mond toe hy sê, "Ek kon nie juis 'n ander een vir jou kies nie. Die blou is dieselfde as jou oë."

Hy wag tot Landie die armband oor haar regterhand stoot voordat hy nog 'n pakkie uit sy baadjie se sak haal. Hierdie is nie in 'n sakkie soos die ander nie, maar in 'n langerige juweledosie. Landie se hande bewe toe sy dit by hom neem.

Haar oë skiet sommer vol trane toe sy die dosie na die tweede probeerslag oopkry. Voor haar, op 'n fluweelbed lê die fynste silwer geluksarmband wat sy nog gesien het. Die kettinkie lyk byna soos 'n silwer draad met klein, fyn versierings wat daaraan hang. Landie kan tussen haar trane deur die ballerina en balletskoene uitmaak asook 'n musieknoot, 'n hartjie, 'n pou en wat lyk soos 'n roos. Dit is so fyn en delikaat dat Landie byna te bang is om dit uit die dosie te lig. Sy kan net bly staar na die dosie, so mooi is die inhoud.

"Hou jy nie daarvan nie?"

Toe sy die onsekerheid in sy stem hoor, kyk Landie op in sy oë. Sy glimlag so tussen die trane deur en skud haar kop, "Dis pragtig. Dis ..."

Pierre blaas sy asem uit, duidelik verlig. Hy breek oogkontak met haar en steek sy hand uit na die dosie. Hy lig die fyn kettinkie uit die fluweelbed en vra heserig, "Mag ek?"

Landie knik en hou haar linkerhand na hom toe uit. Hy hak die kettinkie los en sy vingers voel warm wanneer hy die bandjie om haar pols laat gly. Sy wonder of hy kan voel hoe wild haar pols klop wanneer hy die kettinkie weer vashaak.

Hy draai haar arm weer om, sy vingers nog om haar pols terwyl beide na haar arm staar.

Sy kon sweer hulle staan skielik nog nader aan mekaar. Pierre se stem klink heserig toe hy probeer terg, "Ek het 'n drukkie van Amanda en Sonja gekry om dankie te sê. Kry ek nie een van jou af nie? Eintlik, omdat jy twee gekry het, behoort ek 'n soen ook te kry."

Daar het jy dit nou, Schoeman. Jy droom nou al weke lank daarvan dat hy jou weer soen. Nou is jou kans.

Landie snork amper onvroulik maar keer darem dit net betyds. Sy behoort seker niks te wys as sy hom soen nie. Dis mos deesdae niks spesiaal nie. Een-twee-drie dan is dit verby. Selfs daardie gedagte kan nie keer dat sy tog bloos nie.

Sy hoop sy lyk ongeërg toe sy haar hande op sy bo-arms plaas — maar maak amper sommer dadelik weer 'n gek van haarself toe haar vingers onwillekeurig oor sy spiere streel. Kan die man nie 'n hemp met lang moue aantrek wat al hierdie aanloklikheid kan wegsteek nie? Nee, nou moet hy 'n help-my-sterk-lyk-hempie aanhê — al het hy niks hulp nodig nie. Nee, daarvoor het die man spiere op plekke waar ander manne nie eens plekke het nie.

Gits, dis in die middel van die winter. Nou wel dalk een van die warmste winters wat Pretoria in jare gehad het maar tog.

Landie staan effens op haar tone om by sy mond by te kom. Net voor haar mond aan syne raak, huiwer sy. Sy oë vang weer hare vas. Sy trek haar asem skerp in toe sy hande op haar heupe te lande kom. Beter dat sy hierdie vinnig verby kry voordat sy iets simpel aanvang. Sy leun verder vorentoe om daardie laaste klein afstand tussen hulle te krimp. Onwillekeurig maak haar oë toe wanneer haar lippe aan syne raak maar dit vlieg onmiddellik weer oop.

Selfs Pierre trek terug maar dan laat sak hy sy kop weer. Sy lippe huiwer 'n milli-breedte van hare vir 'n paar sekondes maar dan neem sy mond ferm besit van hare. Landie sug amper. Sy het geweet dit gaan gebeur as hy haar weer soen. Net een keer en sy is verlore. Sy veg om by haar sinne te bly maar tussen die vuurwerke wat heelwat beter is as die wat sy op twee jaar gelede tydens Nuwejaar in Times Square gesien het, het sy nie 'n kans nie.

Die duiweltjie op haar skouer koggel haar en sê dat sy nou maar haar kans moet gebruik om hom te soen, want 'n man soos Pierre is nie vir meisies soos sy bedoel nie. Sy weet mos. Sy het mos gesien hoe lyk die meisies wat gewoonlik om hom rondhang of saam met hom in die plaaslike koerante of op sy sosiale media verskyn. Lank en skraal asof hulle tien jaar laas geëet het, met naels wat lank is asof hulle nie hul hande in koue water sit nie. Nee wat, Pierre se meisies lyk nie soos sy nie. Haar lyf is ferm van al die dans ja, maar sy is nou nie model-maer nie. Wat sy ook al doen, daar is altyd sproete op haar neus en wangbene.

Miskien is die duiweltjie nie verkeerd nie. Miskien moet sy maar haar kans vat.

Landie het nie veel meer nodig as dit om haar te oortuig nie, en sy gee haarself onmiddellik oor aan die sensasies wat sy mond opwek.

Miskien het die soen net 'n paar sekondes geduur of miskien veel langer. Landie weet dit maak nie regtig saak nie alhoewel sy tog geïrriteerd word toe sy haar vriendinne se koggel van die deur af hoor. Sal hulle nooit grootword nie? Net een keer sou sy wou gehad het dat hulle haar nie moet terg oor haar gebrek aan soen-ondervinding nie. Net een keer ...

Toe Pierre se hande van haar af wegval, kan Landie hom nie eens in die oë kyk nie. Sy draai weg van hom en vlug na haar kamer. Sy ignoreer Pierre en haar vriendinne se toe hulle na haar roep.

9

Dinge het verander. Pierre is oortuig daarvan maar net soos dit nou met Landie is, is dinge so rof die volgende week dat hy skaars kans kry om asem te skep.

Hy sien Landie net so in die verbygaan wanneer hy op pad is na die stadion of sy terugkeer van die teater waar sy besig is met die finale week van repetisies. Hy sou wat wou gee om meer tyd saam met haar te spandeer maar dit gaan nie gou gebeur nie. Ten minste nie tot haar vertoning ten einde loop en die Onder 19-toernooi afgehandel is nie. Gelukkig vind die finale wedstryd in die kompetisie vroeg Saterdagoggend plaas voordat Pierre se span hul wedstryd speel.

Hy hoef nie regtig so vroeg daar te wees Saterdagoggend nie maar hy het die afgelope tyd hard saam met die jong manne gewerk en hy voel deel van die groep. Enige tyd wanneer hy 'n kansie kry woon hy die wedstryde by wat op die naburige Loftus gespeel word. Die rede is tweeledig. Nie net ondersteun hy die span wat hy gehelp het nie, maar hy is ook besig om nuwe talent te soek vir die klub.

Saterdagmiddag speel Pierre se span teen die Renosters hier

by die huis. Pierre en die afrigters het saam besluit dat dit tyd is dat Patrick Dunn die leisels as kaptein oorneem en is daarom is Patrick terug in die span. Pierre gaan oor die volgende paar maande al hoe minder speel om die jong talent kans te gee om te ontwikkel en deur te kom. Hy gaan nog daar wees om leiding te gee maar dit is omtrent al.

Hy is eintlik verlig. Hy sien uit na die nuwe fase van sy loopbaan.

Saterdagaand is die openingsaand van Landie se ballet en sy planne is agtermekaar met die hulp van Rachel en Lisbeth.

Pierre moes natuurlik heelwat spot verduur van sy spanmaats maar tog het hulle het hom soos een man ondersteun. Die vertoning Saterdagaand is uitverkoop, danksy die Buffels en Pierre se familie se ondersteuning. Behalwe Pierre se span het heelwat van die bestuurspan soos Nicholas Carter en sy vrou Emma, Lisbeth en haar familie, Christopher en sy vrou Riley, Rachel en selfs Tom Brady en sy vrou, ook kaartjies gekoop.

Pierre self het 'n kaartjie van Landie ontvang wat sy saam met Amanda gestuur het. Soos hy aflei is die sitplek saam met haar vriendinne en familie.

Pierre het sy span mooi vertel wat hulle mag en nie mag doen nie — natuurlik eers nadat Donnie vir hom 'n lys gestuur het om alles wat Landie gesê het, te bevestig. Niks gefluit nie. Niks geskree nie. Niks blomme met dorings nie. En ja, van hulle, mag net hy die rooi rose gooi. Daardie deel was natuurlik sy eie reël wat gemaak het dat hulle nog meer sy siel uitgetrek het maar hy gee nie om nie. Ja wat, hy dink al die geterg gaan uiteindelik die moeite werd wees.

· · ·

"Haai daar."

Landie kyk op en sien Pierre waar hy teen sy motor leun. Haar hart volg natuurlik sy gewone roetine wanneer Pierre in die omtrek is, veral as hy so vir haar glimlag.

Sy het hom nog nie weer gesien vandat hy haar verlede Sondag gesoen het nie. Haar gesig vat sommer vlam as sy weer dink aan daardie soen en hoe sy van hom af weggevlug het. Gelukkig maak hy nie melding daarvan nie wanneer hy opmerk, "Ek dog jy gaan vandag later opstaan om uit te rus voor vanaand."

Landie skud haar kop. "Nee, dit werk nie so nie. Buiten dat ek gewoond is aan my roetine, het ons nog finale kleedrepetisies."

"Is jy dan nou al op pad teater toe?" vra hy verbaas.

"Nee, ek het net gou iets uit my motor kom haal. Waarheen is jy so vroeg op pad? Speel julle nie eers vanmiddag nie?"

Pierre glimlag. "Ons doen, maar ek is op pad Loftus toe vir die onder 19-toernooi."

"Hoekom?"

Pierre lag verleë. "Ek dog jy weet. Ek tree vanjaar uit en gaan volgende jaar die onder 21's afrig. Ek het egter die laaste twee weke die onder 19's gehelp. Die meeste van hulle gaan oor 'n jaar of wat in my span wees."

Haar oë rek. "Sjoe, dis 'n groot stap."

Hy knik. "Dit is, maar ek het myself al die afgelope vier jaar daarop voorberei. Ek wou nog altyd uittree terwyl ek nog geniet om te speel en nou ja, dis tyd."

Voor Landie haarself kan vertel dat dit 'n simpel idee is, nooi sy vinnig, "Is jy haastig of is jy lus vir 'n vinnige koppie koffie?"

Miskien is dit die senuwees wat so knaag wat maak dat sy dit doen. Haar vorige openingsaand het nie so goed afgeloop nie.

Tien minute voor die gordyn gelig het, moes sy uitvind dat die man wat sy gedink het is haar kêrel, haar eerste minnaar, is eintlik getroud. Haar konsentrasie was swak en sy het haarself so beseer dat sy die res van die seisoen nie kon dans nie. Dis wat gemaak het dat sy stert tussen die bene huis toe gekom het.

Sy wil egter nie nou daaraan dink nie. Beslis nie vandag nie.

Pierre druk homself summier weg van sy motor en knik. "Dit sal lekker wees. Ek is nog vroeg maar hierdie week was so rof dat ek vergeet het om koffie te koop. Ek het gehoop ek sal by die stadion koffie kry."

Hm, of hy is regtig baie lus vir koffie, of hy wil dalk ook bietjie meer tyd saam met haar spandeer. Toe hy by haar kom en sy vinger lig om 'n stringetjie hare van haar gesig weg te vee, besluit sy dat dit dalk die tweede rede is. Sy mag nou so effens naïef wees met mans, maar selfs sy kan nie daardie uitdrukking in sy oë verkeerd verstaan nie.

Sy stem klink heserig toe hy saggies sê, "Ek hou van jou hare so los, Sproetjies. Dit lyk of die son goue strepies in hul verf."

Sy blik gly nog steeds oor haar gesig, so asof hy dit memoriseer en dan laat sak hy sy hand en glimlag. "Koffie het jy gesê?"

Landie blaas haar asem so onderlangs uit en draai vinnig om. "Kom, voor ek van plan verander."

Sy hoor sy laggie agter haar en toe die deur agter hom toe klik toe hy haar volg.

"Ons sit sommer in die kombuis dan raas ons nie vir Amanda en Sonja wakker nie," stel Landie voor.

"Dit pas my. Dis lekker om jou 'n rukkie vir myself te hê."

Gelukkig staan Landie met haar rug na hom toe hy dit sê want sy weet sommer sy lyk alweer soos 'n tamatie. Deksels. Kan sy nie net ophou bloos nie?

Landie antwoord eerder nie. Sy hou haar besig om die koffie te skink en hare voor te berei voordat sy met die twee bekers na hom toe omdraai. Sy maak nie oogkontak toe sy die bekers op die tafel neersit en vir hom sê, "Dè, hierso."

Sjoe, dit klink nogal ongeskik maar sy vertrou nog nie haar eie stem nie.

Pierre kom of nie agter dat sy kortaf is nie of hy ignoreer dit. Hy trek rustig die stoel aan die oorkant van die tafel uit maar wag tot Landie sit voordat hy sit. Hy trek die koffie nader en bring dit na sy neus, adem dit behaaglik in voor hy 'n slukkie neem en glimlag. "Jy red my lewe, Sproetjies."

Landie skud haar kop laggend. "Dit verg nie veel om jou gelukkig te maak nie, of hoe?"

Hy skud sy kop. "Nee wat, Sproetjies. Jy sal agterkom dat ek 'n maklike man is."

Hy vat weer 'n slukkie koffie voordat hy sê, "Ek is bly ek het in jou vasgeloop. Ek wou nog dankie sê vir die kaartjie. Dit was nie nodig nie maar ek waardeer dit."

"Jy sou dalk nie een gekry het nie. Ek hoor vanaand is uitverkoop!"

Pierre lyk of hy 'n glimlag onderdruk oor haar verwondering voordat hy knik. "Ja, ek het so gehoor. Jy sê dis nie net een ballet nie maar vertel my meer van jou rol. Ek wil nou nie soos 'n moroon lyk nie."

Landie lag. "Jy sal nie maar laat ek jou vertel. Dis een van my gunstelinge, bietjie lig en komies. Ek dans die rol van Swanhilde in Coppélia. Dit gaan oor die speelgoedmaker Dr Coppélius en sy lewensgetroue pop Coppélia. Dr Coppélius hoop dat sy pop eendag gaan lewendig word. Donnie dans die rol van Franz, wat Coppélia eendag in die venster van die speelgoedwinkel sien en op haar verlief raak. Swanhilde sien hoe Franz, haar verloofde, vir Coppélia soentjies blaas en word jaloers. Nie sy of Franz besef dat Coppélia eintlik 'n pop is nie. Swanhilde is ongelukkig al verseker Franz haar dat sy die enigste een vir hom is. Een aand laat val Dr Coppélia sy sleutel en Swanhilde en haar vriendinne gaan sy winkel binne en wen al die poppe op. Die doktor keer terug na die winkel en jaag die meisies uit maar Swanhilde kruip weg in die hoek waar Coppélia gehou word. Franz het intussen by Coppélia se balkon opgeklim om sy liefde aan haar te verklaar. Dr Coppélius kry hom en gee hom soveel drank in dat hy aan die slaap raak. Swanhilde kry Coppélia en besluit om plekke met haar te ruil. Sy trek die pop se klere aan en laat Dr Coppélius glo dat sy pop lewendig geword het. Die laaste toneel is waar Swanhilde vir Franz wakker maak. Die twee hardloop uit wanneer Dr Coppélius besef wat het gebeur. Die storie eindig met Franz en Swanhilde se troue. Dit is die deel wat ek en Donnie gaan dans. Eers sy solo, dan my solo en dan die *pas de deux*."

Pierre knik onseker. "Is daar nog ander wat gaan dans?"

Landie knik, "Ja, daar is twee meisies wat saam met by my Madame Rouxbaix oefen wat as deel van 'n groep van vier dansers 'n stuk uit Swanemeer gaan dans. Daar is ook 'n deel uit Giselle en Don Quixote. Alles is in elk geval in die program wat jy by die deur sal kry."

"Kom jou familie ook vanaand?"

Landie rol haar oë. "Wat dink jy? Dis die eerste keer van hoërskool af wat hulle my by die huis gaan sien dans. My ouers het al my oorsee sien dans maar dit was nie altyd moontlik om openingsaande daar te wees nie. Hierdie keer is die hele familie daar. Hoekom dink jy knaag my senuwees so?"

Pierre frons so effens onseker maar sy gebaar is allesbehalwe onseker. Hy vou sy hand oor hare wat op die tafel lê. Sy vingers gly oor die armband wat hy vir haar gegee het en wat Landie omtrent permanent dra en sê saggies, "Ek is nie seker wat om vir jou te sê nie, Sproetjies. Ek is bang ek sê iets wat jy as ongelukkig gaan beskou. Ek weet egter hoe dit voel. Ek voel nog steeds so voor elke wedstryd. Ek wil net hê dat jy moet weet dat ek aan jou dink."

Landie is nog so bewus van sy hand op hare maar sy kyk op
na hom en sien die erns op sy gesig. En skielik voel dit asof al die
spanning uit haar sypel en sy weet sommer dat alles gaan reg
afloop.

Sy glimlag. "Dis al wat ek nodig gehad het, dankie."

Pierre glimlag en druk haar hand maar toe die horlosie teen
die muur slaan kyk hy verskrik op. "Ek's jammer, as ek nie nou
ry nie gaan ek laat wees."

Landie staan ook op. "Voor ek vergeet ... Het Amanda jou
gesê van die geselligheid na die vertoning?"

"Ja, sy het. Is jy seker jy wil hê ek moet kom?"

Hy vra die vraag net toe hulle die voordeur bereik. Pierre
draai om en kyk afwagtend na haar en al wat Landie soos 'n
stommerik doen is om te knik.

Hy glimlag weer en skielik buk hy af en vee sy mond liggies
oor hare. "Dan aanvaar ek met graagte, Sproetjies. Sien jou
vanaand."

S y lyf is seer maar nie eens een keer het Pierre oorweeg om
kop uittrek nie. Hy trek sy kraag weer losser asof dit gaan
help om sy seer lyf beter te laat voel.

Hy draai skuins en sien sy span bo in die galery en grinnik.
Die ouens lyk een meer ongemaklik as die ander maar hulle is
almal daar. Pierre se hart klop warm. Hy draai weer terug toe
Sonja fluister, "Dit is amper tyd. Landie-hulle is heel laaste op
die program so jy moet maar geduldig wees."

Pierre knik net voor die ligte verdof en die gordyn sak vir die
eerste stuk, wat volgens die program 'n gedeelte uit Giselle is.
Pierre het vooraf die beskrywing bestudeer en tot sy verbasing
maak hy meer uit van die storie as wat hy verwag het.

Hy kry van voor af bewondering vir die balletdansers soos
hul van een toneel na 'n ander verwissel. Hul tegnieke en grasie

is indrukwekkend. Alhoewel hy gefassineer is deur die ballet, wag hy egter ongeduldig vir Donnie en Landie om die aand af te sluit. Nie dat hy verveeld is nie, maar hy brand om Landie in aksie te sien.

Aangesien hierdie slegs gedeeltes van verskeie balletstukke is, is daar nie veel sprake van dekor nie. Dit vat dus nie lank tussen die verskeie stukke om gereed te maak vir die volgende deel van die vertoning nie.

Toe die laaste deel uiteindelik aanbreek, skuif Pierre regop in sy stoel. Hy moet later erken dat sy mond behoorlik oopgehang het en hy het geen twyfel dat die meeste van sy spelers vandag meer respek vir Donnie gekry het nie. Spronge, draaie, wat ook al, die man het regtig talent. Maar meer as dit, sy bewondering vir Landie het net toegeneem. Saam was sy en Donnie iets om te aanskou en selfs van hier in sy sitplek in die voorste ry kan Pierre die genot op haar gesig lees. En hy verstaan ook hoekom haar voete lyk soos dit lyk. Sjoe, sy hart het partymaal amper gaan staan, maar sy trots was onbeskryfbaar. Die hele tyd wat sy op die verhoog was, was sy oë op haar vasgenael.

Toe Donnie en Landie en die res van die geselskap verskyn om die gehoor te groet, wou Pierre sy bos rose, sonder die sellofaan en sonder die dorings soos Sonja en Donnie aanbeveel het, saam met die ander op die verhoog gooi maar Amanda het hom gestop. Sy het net oorgeleun en met 'n glimlaggie gefluister, "Nee, gee dit self vir haar." Sy druk haar hand teen syne en glimlag. "Dè, ek het hierdie vir jou as 'n verrassing gehou."

"Wat is dit?" fluister Pierre terug met sy oë nog op Landie.

Amanda lag saggies. "'n Pas om na haar kleedkamer te gaan. Sodra die gordyn gesak het, gaan deur daardie deur," beduie sy. "Hulle sal jou na haar kleedkamer neem."

Pierre se hart klop vinniger terwyl hy die blomme stywer teen hom vasdruk. Met 'n diep asemteug neem hy die kaart by

Amanda. Hy voel nog onseker teen die tyd dat hy die deur se knip afdruk maar die volgende oomblik verskyn 'n man voor hom. Dis iemand wat duidelik nie veel nonsens gaan verduur nie en Pierre hou dadelik die pas om na die kleedkamers te kan gaan na die man toe uit wat dit eers fronsend beskou voordat hy Pierre op en af kyk. Toe hy blykbaar tevrede is, oorhandig hy die kaart terug na Pierre en roep na iemand agter hom, "Juffrou Schoeman."

Die man wat hom moet begelei praat glad nie met Pierre nie en Pierre moet sy stywe en seer lyf haas om hom te volg in die nou gangetjies agter die verhoog. Pierre is dankbaar dat hy nie nog self sy pad omtrent moet oopbeur tussen die bewegende ballerinas en die personeel wat agter die verhoog werk nie en dat sy begeleier dit namens hom doen. Toe die man stop, bots Pierre amper teen hom wat veroorsaak dat hy 'n vuil kyk kry.

Die man klop aan die deur en die volgende oomblik gaan die deur oop en Landie staan voor hom. Hy voel soos 'n onnosele idioot toe hy net na haar kan staar. Sy het nog steeds haar kostuum aan maar haar hare is los en tuimel om haar skouers. Vir Pierre het sy nog nooit so mooi gelyk nie.

Dit vat hom 'n rukkie om by te kom, sy keel skoon te maak en nader aan haar te tree. Hy hou die bos rose na haar toe uit. Hy merk die ligte blos op haar wange toe hy vir haar fluister, "Jy was ongelooflik. Jy het my asem weggeslaan."

Landie neem die blomme by hom en knik haar kop met 'n klein glimlaggie. "Dankie. Dankie dat jy gekom het."

Pierre leun effens vorentoe en laat gly sy lippe oor haar wang voordat hy aankondig: "Ek sou die kans vir geen geld in die wêreld verruil het nie, Sproetjies. Ek is bevrees dat ek van nou af jou grootste bewonderaar gaan wees."

Landie kry nie kans om te antwoord nie want Donnie se stem klink agter hulle op. "Was jy nie alreeds nie?"

Pierre bloos maar hy antwoord nie. Hy draai net na die man

wat met sy arm styf om 'n beeldskone vrou se lyf staan en hom geamuseerd dophou. Hy trek dus net sy skouers op. Donnie draai na Landie. "Kom, Landie-lief, maak klaar. Ons sal solank vir Pierre geselskap hou."

Landie bloos en maak vinnig die deur agter Pierre toe wanneer hy Donnie na buite volg.

Weer eens verras Donnie hom toe hy Pierre aan die vrou aan sy sy voorstel. "Darling, may I introduce you to Pierre Basson? He is the rugby player I told you about."

Die vrou glimlag en knik toe Donnie verder sê, "Pierre, dis my vrou, Nikita Lenova. Nikita is 'n professor in Russies by die Universiteit."

Pierre se oë rek. Duidelik het Donnie sy reaksie verwag want hy lag. "Nie dit gedink nie, nè?"

Pierre skud sy kop. Donnie bewys weer eens hoeveel mensekennis hy het toe hy vir Pierre glimlag. "Dit wys jou nou net dat jy wel iemand uit 'n ander beroep kan kies as lewensmaat. Solank julle mekaar se beroepe respekteer, is dit al wat saak maak."

Pierre knik. Hy weet presies wat Donnie daarmee bedoel. Dit mag dalk die wa voor die perde span, maar is dit nie daardie visioen wat hy reeds gehad het nie?

10

Pierre moes dit geweet het. Jinne, kan hy nou nog nie daardie glinstering in 'n vrou se oë herken om te weet dat sy besig is om te konkel nie? En Lisbeth Meyers is besig om te konkel. Hierdie keer dink hy egter sy het die kluts kwyt.

Goeie genade, hulle het nog nie eens die kalender geskiet nie maar Lisbeth se nuutste breinkind vat behoorlik die koek.

Hy het eers verward gefrons en gedink hy het verkeerd gehoor. Lisbeth blyk blykbaar ernstig te wees. Sy trippel omtrent op haar tone wat 'n indikasie is oor hoe opgewonde sy is oor hierdie idee. Hy skud sy kop. "Nee, nee, nee. Goeie genade. Jy het self vir Landie en Donnie sien dans Saterdag. Daar is geen manier dat dit gaan werk nie. Ek gaan net 'n gek van myself maak en Landie ... Nee, gits. Hoekom kan Donnie dit nie doen nie?"

"Dit sal. Donnie en Madame Rouxbaix het my verseker dat dit kan werk," hou Lisbeth vol.

Pierre frons. "Verstaan ek jou reg? Jy wil vir die fonds-insamelingsprojek 'n konsert reël, en jy wil hê ek moet saam met

Landie 'n ballet dans? Jinne, Lisbeth. Jy weet nog nie eens of die kalender-ding gaan werk nie."

Lisbeth knik haar kop, "Ja, ja, ek weet maar ek is baie seker dit kan werk. Ek het al vroeg vanoggend met Madame Rouxbaix en Donnie gesels. Donnie het selfs aangebied om die choreograaf te wees vir die vertoning en Madame Rouxbaix het haar ateljee aangebied sodat julle kan oefen. En sy het aangebied dat van haar ander studente ook kan optree. Ek het al 'n paar plaaslike sangers ook gekry wat gratis hul dienste aangebied het. En jy onthou Melissa se vriendin, wat ook deel van die kalender gaan wees?"

Toe Pierre knik, gaan Lisbeth vinnig aan, "Sy gaan ook optree. Ons gaan voor die tyd van die kleintjies laat dans, en ons gaan ook 'n paar van die spelers saam met hulle laat dans. Niks te gekompliseerd nie. Landie gaan ook saam met die ander optree maar julle dans gaan die hoogtepunt van die aand wees."

"Hoekom ek? Hoekom nie een van die ander ouens nie? Wat van jou broer?" vra Pierre verward.

"Omdat jy en Landie daardie vonk het," glimlag Lisbeth. "Ek het dit al lankal gesien."

Lisbeth staan bietjie nader aan Pierre en sê saggies, "Komaan, Pierre. Jy het gesê jy sal enigiets doen om Landie se hart te wen. Hierdie is jou kans."

"Wat van Landie? Wat sê sy?" dring Pierre aan.

Lisbeth glimlag skalks en dan antwoord sy, "Landie het ingestem om in die konsert twee danse te dans en die laaste een sal die finale item van die aand wees. Sy weet nog net nie dat jy haar dansmaat gaan wees met die laaste dans nie."

"En as sy weier?" vra Piere bekommerd.

"Sy sal nie. Madame Rouxbaix en Donnie het bevestig dat Landie baie professioneel is. Sy sal nie teruggaan op haar woord nie."

Snaaks genoeg, die voorstel klink al hoe meer aanloklik vir

Pierre maar hy het maar tog nog sy bedenkinge. Hy beter dit nou bekendmaak voordat hy 'n algehele gek van homself gaan maak. "Ek kan net sakkie-sakkie. Niks soos Donnie nie. Ek wil nie vir Landie in die verleentheid stel nie."

"Jy sal nie. Al wat jy moet doen is om te doen wat julle gedoen het in die gimnasium. Bietjie ekstra dalk, maar Donnie het gesê die dans wat hy beplan is meer om Landie se talent bloot te stel. Jy is daar om haar te help om dit te doen. Asseblief? Ek weet dit kan werk," dring Lisbeth aan.

Pierre maak sy oë toe en sug. Hy *het* gesê hy sal enigiets doen om Landie se guns te wen. Hy weet dit is vir 'n goeie doel. En Pierre weet op daardie oomblik dat hy enigiets sal doen om Landie gelukkig te maak — al moet hy nou ook 'n gek van homself maak.

Hy maak sy oë oop en kyk na Lisbeth. "Nou goed. As Landie daarmee gediend is om my as haar dansmaat te hê sal ek dit doen."

Beth glimlag breed, "Jy sal nie spyt wees nie. En los Landie vir my. Ek sal jou laat weet wat die skedule vir die oefening is. Julle het genoeg tyd. Die konsert is eers na die oefenkamp. Dit was *Coach* se enigste vereiste. Dit sal beteken dat julle in die aand moet oefen, maar een of twee keer per week behoort genoeg te wees."

Toe van die ander spelers by die trap opstap, maak Lisbeth vinnig verskoning. "Dankie Pierre. Ons sal weer gesels."

Voor Pierre kan groet is Lisbeth weg.

Luke kom sit langs Pierre maar sy oë volg Lisbeth se vordering terwyl sy behoorlik drafstap oor die oefenveld in die rigting van die stadion waar haar kantoor is. Eers toe sy buite sig verdwyn draai Luke na Pierre en grinnik. "Moenie vir my sê Lisbeth het weer een of ander briljante idee waarby sy jou wil betrek nie?"

Pierre sug. "Lyk my jy ken haar al goed genoeg. Ek weet net nie of hierdie een haar beste een is nie."

"Hoe so?"

Pierre skud sy kop. "Nee wat, ek gaan niks sê nie. Miskien gaan dit nie eens realiseer nie."

Hy staan op en maak sy papiere bymekaar. "Sien julle later by die oefening."

Hy is bewus van die groep spelers wat hom nadenkend bestudeer maar daar is geen manier wat hy nou al Lisbeth se mal idee bekend maak nie. Soos hy vir Luke gesê het: miskien realiseer dit nie eens nie. Nie as Landie uitvind wat Lisbeth regtig beplan nie.

L andie weet dit nie maar haar reaksie is soortgelyk aan Pierre s'n 'n paar minute vantevore. Haar blik gly van Madame Rouxbaix, wat Landie nie eens mee gaan waag om te argumenteer nie, na Donnie. Sy skud haar kop. "Jy is seker van lotjie getik! Hoe moet ek ballet dans met 'n man wat geen benul het nie. Hoe moet hy in so kort tydjie in elk geval leer? Nee gits, Donovan. Hierdie keer is jy behoorlik die kluts kwyt."

Landie hoef nie eens weer sy gesig te bestudeer om te weet dat Donnie die hele petalje baie amusant vind nie. Hy loer so vinnig na Madame Rouxbaix en sê, "Los jy alles vir my. Ek belowe jou ek sal alles mooi uitwerk om jou talent ten beste te laat vertoon. Ek het selfs al 'n idee wat ek wil doen en Madame Rouxbaix stem met my saam, dan nie, Madame?"

Weer eens staan Landie verstom toe Madame Rouxbaix sowaar effens glimlag en vir Donnie knik. Wanneer laas het dit gebeur dat sy glimlag? Maar, dan moet Landie onthou dat Donnie nog altyd dit kon regkry om die ou dame om sy pinkie te draai. Dit blyk hy het nog nie sy slag verloor nie.

Landie sug gelate. Daar is geen manier waarop sy hieruit

gaan kom nie. Sy het klaar gesê sy sal in die konsert dans. Dit was egter voor sy uitgevind het wie is haar dansmaat.

Sy knibbel onseker aan haar onderlip, haar gedagtes vasgevang aan Saterdagaand. Sy kan elke sekonde in haar geheue oproep van die oomblik toe sy haar kleedkamerdeur oopgemaak het en Pierre voor haar gesien staan het. Daar was geen kans om die bewondering in sy oë mis te kyk nie. Sy kan nou nog die hitte voel as sy net daaraan dink.

En die res van die aand? Hy was die perfekte heer al het hy ook sy Alpha-gedrag openbaar deur dit duidelik te maak dat hy daar is vir Landie.

Wat kan sy sê? Dit het haar goed laat voel want ja, sy het die gefluister onder die ander dansers gehoor — beide mans en vroue. Pierre Basson is 'n aantreklike man. Daaraan is daar geen twyfel nie. Hy het ook charisma en weet hoe om homself in enige geselskap te handhaaf. En hy het sy bewondering vir Landie nie weggesteek nie.

Haar familie — selfs haar pa en haar boerseun-swaer — was beïndruk deur hom. Deon onthou hom nog van sy Springbok-dae. Dis egter nie wat haar ouers of susters beïndruk het nie. Sy het so effens gewonder of hy gaan oplees het oor haar pa maar sy onthou dan dat hy dadelik geweet het wie is haar pa toe hulle die eerste keer regtig gesels het.

Nee, die man het blykbaar nie foute nie.

Dit is egter wat Landie nou die meeste bekommer. Hoe gaan sy dit regkry om nie haar gevoelens vir Pierre te wys nie? Sy kan mos nou maar erken dat hy haar meer laat voel as enige man vantevore.

Elke keer in sy geselskap kan sy al voel hoe haar weerstand verkrummel. Een kyk in sy oë. Een ligte fladdering van sy hand oor haar arm. Die streel van sy lippe oor haar wang. En dan, wanneer hy haar soen? Nee wat, dan verkrummel daardie weerstand soos die Berlynse muur. Twee maande se dans? Sal sy hom regtig kan weerstaan?

Miskien is dit die verkeerde vraag. Dis nie of sy dit kan doen of nie.

Dis of sy dit *wil* doen.

P ierre vee sy hande af teen sy broekspype en haal diep asem voor hy die voordeur van Madame Rouxbaix se ateljee oopstoot. Vanaand is sy groot vuurdoop, sy eerste balletklas met Landie.

Sy oë gly oor die ingangsportaal maar daar is niemand om hom te verwelkom nie. Iewers in die agtergrond hoor hy musiek maar verder is dit doodstil.

Verlede week kon hy wegkom om nie met die lesse te begin nie want hy het 'n vergadering gehad met die ander afrigters en die res van die bestuurspan, maar vanaand is hy nie weer so gelukkig nie.

Miskien is dit die verkeerde benadering maar hy is nog steeds vrek bang dat hy Landie gaan teleurstel. Wat as hy nie die mas opkom nie? Wat as hy …

O wel, dis nou te laat, flits dit deur sy gedagtes wanneer Landie in die deur verskyn. Soos gewoonlik wanneer hy haar sien versnel sy hartklop, veral as sy daardie klein skaam glimlaggie na hom flits.

"Ekskuus, wag jy al lank?" onderbreek sy Pierre se warboel gedagtes.

"Nee, ek het nou net hier gekom. Ek hoop nie ek is laat nie." Sy stem klink effens heserig wanneer sy blik oor Landie gly. Vanaand het sy nie die balletklere aan wat hy verwag het nie, maar sy dra 'n stywe kleefbroek en net so stywe hempie. Sy is kaalvoet en haar hare hang los.

Dit is nogal vreemd. Hy is so gewoond aan Landie se hare

wat vas is wanneer sy gaan dans maar vanaand lyk sy ontspanne. Hy voel natuurlik heeltemal die teenoorgestelde.

"Nee wat, jy is nie laat nie. Donnie sal eers oor 'n rukkie hier wees. Kom stap deur."

Sy draai om en verdwyn weer in die rigting van waar sy af gekom het. Pierre volg haar gedwee. Hy het nou ingestem. Hy sal nou maar net die beste daarvan maak. Of, miskien sal sy en Donnie vanaand sien dat daar nie veel hoop is dat hy in hierdie kort rukkie gaan regkry wat Donnie doen of wat hy in gedagte het nie.

Die vertrek waarheen Landie hom begelei is helder verlig. Ligte gelamineerde hout bedek die vloere en spieëls verberg twee van die vier mure. Die derde muur het soos die ander twee mure 'n houtreëling en bo die reëling is nog spieëls. Die vierde muur bestaan feitlik heeltemal deur vensters en glasdeure wat na 'n stoep lei. Die stoep, en die tuin is egter nou reeds in donkerte gehul.

Landie gaan sit teen die muur en strek haar bene voor haar uit. Sy beduie vir Pierre om by haar te sit. "Donnie sal net-nou hier wees. Ons kan net sowel ons gemaklik maak terwyl ons wag."

Pierre beskou die muur en toe hy mik om aan Landie se teenoorgestelde kant te sit, trek sy haar bene vinnig op en frons in sy rigting.

Pierre kyk haar verbaas aan. "Ek mag dalk groot en nie so rats wees soos jy nie, Sproetjies, maar ek sal darem nie op jou trap nie."

Landie skud haar kop verleë en lag. "Jammer, dis nie hoekom ek my bene weggetrek het nie."

"Nou hoekom dan?" vra Pierre verbaas maar dan besef hy skielik. Hy glimlag toe hy langs haar neersak en vra, "Wag, moenie vir my sê nie. Nog een van jou bygelowe?"

Landie knik maar sy verklaar vinnig. "Nie net myne nie. Al die dansers glo dit."

"En wat sal gebeur as iemand oor jou bene tree?" vra Pierre geamuseerd terwyl hy die emosies op haar gesig dophou.

"Dis ongelukkig. Dis al."

Hy skud net sy kop maar wei nie verder daarop uit nie. Hy het nou al vrede gemaak met al haar bygelowe. Hy is egter nuuskierig om uit te vind of daar nog is.

Hy snork byna. Hel, wie dink hy nou flous hy? Natuurlik wil hy meer weet oor haar bygelowe maar dis nie al nie. Hy wil alles van haar weet. Haar drome, haar verlede, haar hede en haar toekoms. Hy wil weet wat haar laat lag. Hy wil weet wat het daardie skuheid in haar houding veroorsaak.

Hy begin dus met die maklikste vraag en dis oor die nou. "Jy lyk vanaand heel ontspanne en gemaklik. Gaan ons dan nie dans nie?"

"Ons gaan," antwoord sy blitsig, "maar Donnie voel vanaand gaan ons eers net gemaklik dans en eenvoudige goed herhaal wat jy voorheen geleer het. Jy kan maar jou skoene en kouse solank uittrek."

Pierre knik en buk vooroor om solank sy veters los te maak. Terwyl hy besig is met die eenvoudige takie heers daar 'n stilte tussen hulle. Hy is bewus daarvan dat Landie hom dophou terwyl hy besig is. Eers nadat hy sy kouse in sy skoene gedruk het, draai hy terug na haar. Haar oë is vasgenael op sy voete en Pierre kyk fronsend af. Hel, sy voete is groot maar gelukkig is hulle skoon en sy toonnaels netjies geknip soos sy ma hom geleer het. Wat vind sy dan so fassinerend oor hulle?

Hy kyk fronsend van sy voete terug na haar gesig en dan sien hy die blos op haar wange. Hy sukkel om die glimlag te onderdruk toe hy besef waaraan sy moontlik gedink het. Hy besluit om sy teorie te toets. Hy druk sy skouer teen hare en toe sy opkyk na hom met 'n vraende uitdrukking, glimlag hy. "Dis waar, weet jy?"

Landie frons knipperend na hom, "Wat?"

Pierre wikkel sy wenkbroue en sê, "Die korrelasie tussen 'n man se voete en sy ..."

Haar mond val oop en die blos verdiep nog verder voor sy hom in die ribbes pomp. Al wat sy egter uitkry is 'n geskokte, "Pierre!" terwyl sy vinnig opspring. Pierre lag toe sy vinnig haar na die ander hoek van die vertrek haas en oor haar skouer vir hom sê, "Kom aan. Miskien as jy dans sal jy ophou om nonsens te praat."

Pierre volg haar en koggel, "Hoekom hardloop jy weg, Landie?"

Sy snork verontwaardig. "Ek hardloop nie weg nie. Ek wil net musiek soek om op te dans."

Pierre gaan staan langs haar en tel die CD-houer op wat daar lê en lees die name wat seker in Donnie se handskrif is. "Watter musiek gaan ons op dans?"

Landie skud haar kop. "Ek weet nie. Donnie het 'n CD gemaak met 'n paar moontlikhede. Hy wil hê ons moet eers net dans en kyk met watter stuk ons die gemaklikste voel."

Pierre beskou weer die lysie. "Watter een is jou gunsteling om op te dans?"

Landie staar fronsend na die keuses. Met 'n ligte blos erken sy, "Ek weet nie. Ek het nog nie op een van dié gedans nie."

"Nie eens by 'n sokkie nie?" vra Pierre verbaas. Party van die stukke is ou musiek van 'n paar jaar gelede, en ten minste twee van hulle was treffers toe Landie omtrent in matriek moes gewees het.

Sy skud haar kop en erken verleë, "Ek was nog nie by 'n sokkie of 'n dans nie. In elk geval nie behalwe die een keer toe ek sestien was nie. En toe wou niemand in elk geval met my dans nie so ek het die hele tyd soos 'n muurblommetjie daar gestaan tot ek kon uitsluip en teruggaan koshuis toe."

Haar trant is ligtelik maar Pierre mis nie daardie seer in haar oë nie. Hy weet dat hy self in sy eie loopbaan opofferings moes maak vir sy sport maar hoe meer hy van Landie weet hoe langer besef hy dat sy dalk nog meer moes opgee as hy. Hy vra saggies, "Nie eens by jou matriekafskeid nie?"

Sy skud weer haar kop. "Ek was nie afskeid toe nie. Ek is in my Graad 11-jaar Londen toe na die Royal Ballet School. Daar was nie tyd vir sulke goed nie."

Pierre se hart krimp vir haar. Wat het sy nie alles misgeloop om haar drome uit te voer nie? Nog steeds met die CD in sy hand bekyk hy weer die keuses. Een van die liedjies trek sy aandag. Hy ken die lirieke goed. Hy haal die CD uit die kassie, druk dit in die speler en met die afstandbeheerder beweeg hy na sy keuse.

Pierre sit die afstandbeheerder bo-op die musieksentrum en hou sy linkerhand uit na haar. "Sal jy asseblief met my dans?"

Landie kyk vraend na hom, dan na sy hand en weer na hom. Sekondes voor die eerste note die vertrek vul met Ed Sheeran se *Perfect*, sit sy haar linkerhand in syne. Pierre is dankbaar vir die skoolsokkies en die danse in die plaasskuur wat hom nou goed te pas kom. Hy trek haar tot teenaan hom. Alhoewel hy nog haar linkerhand vashou, gly sy regterarm om haar middel net toe die deel kom waar die lirieke sê dat sy, sy leiding moet volg. Landie snap vinnig want sy doen dieselfde. Vir 'n draai of twee hou hulle die posisie tot Pierre effens terugtree. Hy lig hul linkerhande op en draai haar 'n keer of twee of soos hulle in ballet sou sê, twee *pirouettes*. Toe Landie weer na hom kyk, sien hy die glimlag en glinstering in haar oë en hy glimlag. Sy regterkant gly om haar middel en hy trek haar stywer teen hom vas.

Sonder om sy voete te beweeg, beweeg hy net sy bolyf.

Landie maak haar oë vir 'n oomblik toe en dan beweeg haar bolyf saam met hom. Pierre beweeg haar stadig oor sy linkerarm en haar oë vlieg oop. Die blos is onmiddellik terug op haar wange maar hierdie keer verbreek sy nie oogkontak nie. Haar bolyf beweeg nog steeds ritmies van een kant na die ander terwyl hul oë mekaar gevange hou.

Toe sy regop kom, haar bolyf nou styf teen syne, stuur hy haar in 'n stadige wals terwyl die musiek om hul spoel. Hy is net bewus van die vrou in sy arms, haar oë wat syne gevange hou die hele tyd. Eers wanneer die laaste note wegsterf, word sy bewegings stadiger. Hy tree effens vorentoe en laat haar weer oor sy arm strek, sy lyf bo-oor hare.

Sy mond beweeg nader na haar toe, die begeerte om haar te soen en syne te maak byna oorweldigend.

'n Applous onderbreek sy benewelde gedagtes. Pierre skrik so dat hy amper vir Landie laat val maar gelukkig ruk hy hom vinnig reg en trek haar weer tot styf teenaan hom. Haar lippe is effens van mekaar en sy haal hortend asem.

"Bravo! Ek dink ons het ons musiek gekry sonder om verder te soek," verklaar Donnie skielik naby aan hulle. Hul breek knipperend oogkontak en kyk verdwaas na Donnie wat hulle nou met 'n groot glimlag beskou, sy arms oor sy bors gevou.

Pierre laat sy hande onwillig sak en draai na Donnie. Hy vra met 'n frons. "Wat bedoel jy? Ek dog ons gaan ballet doen?"

Donnie skud sy kop. "Ja, jy is reg, maar dis nie nodig om 'n klassieke ballet te doen nie. Ons kan hierdie meer lig, modern maak. Aangesien julle nou vir my gedemonstreer het dat julle goed kan saam dans, kan ek hierdie stuk gebruik om die choreografie uit te werk. Ek kan dit al sien ..."

Teen die tyd het Landie haar ook reg geruk en vra met dieselfde frons as Pierre, "Is jy seker?"

Donnie knik entoesiasties. "Ja, definitief. Ek het al lankal gedink dit kan 'n mooi moderne ballet maak. Ek kan selfs dele van wat julle gedoen het inwerk."

"Watter dele? Hoe lank het jy ons al dopgehou?" vra Landie verbaas.

Donnie grinnik en wikkel sy wenkbrou., "O, reg van die begin af. Nog voor julle begin dans het."

Landie klik haar tong en gluur hom verleë aan maar Donnie skud net sy kop met 'n groot glimlag en sê, "Komaan. Ons het werk om te doen."

Hy stap na die musieksentrum en tel die afstandbeheerder op, "Goed, ek sal die res van die choreografie deur die week doen maar ons kan heelwat improvisasie doen vir wat Pierre mee gemaklik is. Kom ons begin by die eerste deel. Doen weer wat julle gedoen het. Ek wil kyk of dit nodig is om te verander. Landie, kom ons probeer drie *pirouettes* daar waar Pierre jou laat draai het."

Pierre kan 'n uur later nie glo dat hulle vir 'n hele uur net daardie eerste stukkie van die musiek geoefen het nie. Oor en oor en oor. Hy wonder of hy ooit weer na die musiek sal kan luister sonder om die bewegings in sy kop te sien. Miskien gaan hy so siek wees vir die stuk musiek teen die tyd wat die opvoering plaasvind dat hy dit nooit weer wil hoor nie.

Sy oë val op daardie oomblik op Landie en hy skud byna outomaties sy kop. Hy twyfel of dit ooit sal gebeur. Hy glo dat hierdie musiek hom altyd sal herinner aan sy eerste dans met Landie en hoe perfek en reg sy in sy arms gevoel het.

L andie is nie seker hoe dit gebeur het nie maar sy het Saterdagaand so wraggies weer gaan kyk hoe Pierre rugby speel. Nie dat hy lank gespeel het nie want hy het net in die laaste tien minute opgegaan. Die res van die tyd was hy langs die veld met 'n tablet en oorfone en het hy instruksies uitgedeel van langs die kantlyn.

So hoe het dit gebeur? As sy die moontlikheid ignoreer dat Pierre Basson haar weerstand in drie kort weke heeltemal afgebreek het, kan daar net een ander rede wees en dit is dat hy so mooi gevra het na hulle Dinsdagaand na die klas gaan eet het. En hoe dít gebeur het is nog 'n groter raaisel.

Wel, miskien as sy eerlik moet wees het dat Pierre lank voor Donderdagaand haar weerstand laat verkrummel het. Die drie weke wat hulle nou al saam dans het bewys dat daardie chemiese aantrekkingskrag wat van die eerste dag af daar was, nog nie verdwyn het nie. Inteendeel, as Landie moet oordeel is dit baie meer potent as wat dit toe was.

Die ergste is dat Pierre nie een keer in die drie weke haar probeer soen het nie. Elke keer wanneer hulle die laaste stuk van die musiek dans, dink sy hy gaan haar soen. Sy sien die begeerte in sy oë maar elke keer trek hy op die laaste sekonde terug. Dit sluit Dinsdag- en Saterdagaand in. Saterdagaand het hy haar nou wel so 'n soentjie op die wang gegee maar dit is nie waarna haar hart smag nie.

Ongelukkig is sy nou nie een van daardie meisies wat die leiding sal neem nie. Haar gebrek aan ondervinding en haar naïwiteit het haar duur te staan gekom en sy is nie seker of sy weer daardeur wil gaan nie. Veral nie met so 'n aantreklike en viriele man soos Pierre nie.

Sy het Dinsdagaand en Saterdag gesien hoe die meisies vir hom kyk. In sy verdediging moet Landie egter erken dat Pierre nie eens een keer gereageer het op die ander vroue se duidelike belangstelling nie. Hy was 'n regte heer en het al sy aandag op haar gevestig. En ja, dit het goed gevoel om al die aandag van 'n man soos Pierre op haar te voel.

As hy haar net wou soen sodat sy weet of dit regtig so wonderlik was as wat sy haarself wysmaak.

Daardie kans kry sy egter nie want behalwe die soen op haar wang of voorkop, wys Pierre nie dat hy haar weer wil soen nie. Dis eers nog 'n verdere drie weke later dat Landie besef dat Pierre se wilskrag besig is om te taan.

In daardie tyd het hul byna 'n vriendskap gevorm. Die Dinsdagaand-etes na die klas het byna 'n ritueel geword en dan het hulle baie gesels van hul boeke tot musiek. Pierre het elke ete begin met 'n gunsteling iets. Eers was dit boeke, toe musiek en kos. Sy wonder wat sy volgende gesprekspunte gaan wees. Eintlik is dit pret, net omdat hy dit pret maak.

Sy het nou net begin aanvaar dat hul moontlik net vriende gaan bly.

Tot vanaand.

11

Hoe de hel het hy so lank uitgehou? Hy het wragtig nie besef hy het soveel wilskrag nie maar hel, 'n man is nie 'n klip nie.

Terwyl hy na Donnie se verduideliking luister, twyfel Pierre of hy vanaand aan daardie flentertjie wilskrag sal kan bly vasklou. Nie as hy luister na Donnie se instruksies oor hoe hy wil hê hoe hulle die dans moet afsluit nie. Die weke met Landie in sy arms was alreeds pure hel maar nou?

Hy probeer sy gedagtes uit die moddersloot hou en konsentreer op wat Donnie sê.

"Jy onthou hoe het ek en Landie die ballet afgesluit?"

Pierre knik gelate en Donnie verduidelik verder, "Dit is wat ons in ballet noem die 'Fish-Dive.' Dit is seker die mees eenvoudige en maklike manier om jou maat in ballet op te tel. Dit is nader aan die grond wat beide die manlike danser en die vroulike danser meer gemaklik voel om te probeer, terwyl die posisie 'n pragtige, maar komplekse lyn skep. Dit is ook 'n dans wat op verskeie maniere gedoen kan word want die dansers kry die geleentheid om vanuit verskillende posisies, insluitende 'n sprong, in hierdie beweging in te beweeg. Ons gaan dit egter eenvoudig hou."

Donnie beduie vir Landie om in posisie te kom voordat hy sê, "Landie is nou in die *arabesque en pointe* posisie."

Donnie posisioneer Pierre reg agter Landie en vra, "As ek reg is, is jy dominant regs?"

Pierre knik effens verward.

"Goed, sit jou regterarm om Landie," gee Donnie instruksies.

Pierre sit sy hand op haar regterheup, onseker waar om sy hand presies te sit. Toe Donnie sy hand gryp en om Landie trek sodat sy arm haar net onder haar ribbekas omsingel, byt Pierre op sy tande. Nog is dit die einde want Donnie beweeg om Landie tot aan haar linkerkant en sê vir Pierre, "Sit jou linkerhand op haar bobeen."

Pierre se hand bewe toe hy dit op haar been sit. Asof dit nie erg genoeg is nie, beveel Donnie hom om sy hand amper tussen haar bene deur te skuif, oor die been waarop sy staan, net bokant haar knie.

"Goed, nou moet jy haar liggies vooroor laat sak. Buig jou een knie om jou stewig te laat staan. Landie sal dan die been waarop sy staan buig om 'n *parallel passé* te doen. Sy moet haar kern stewig hou en die krag van haar rug gebruik om haarself effens regop te hou sodat sy die ideale lyn kan vorm. Wanneer die *fish-dive* eindig, gaan jy haar eenvoudig lig. Sy sal beide haar bene strek voordat jy haar versigtig weer in 'n *pointe* posisie plaas waar sy weer die *arabesque* posisie sal inneem waarmee julle begin het."

Pierre knik. Hy dink vlugtig aan die manier hoe die ballet geëindig het. In prinsiep is dit seker nie so moeilik nie, veral nie omdat hy haar nie uit 'n sprong moet vang nie. Die praktiese deel is egter heelwat moeiliker.

En dit is wat hy nie so seker is hy gaan regkry sonder dat

Landie hom in so 'n mate gaan affekteer dat hy nie dit sal kan wegsteek nie.

L andie leun met haar kop teen die muur, met haar oë toe. Die studio is stil. Almal is al weg en dis nog net sy en Pierre oor. Selfs Donnie het kort gelede homself verskoon. Dit is sy huweliksherdenking vandag en hy wil sy vrou bederf.

Skielik besef sy dat sy en Pierre alleen is, vir die eerste keer in weke. Na daardie soen in haar woonstel, het Landie dit nie gewaag om weer alleen met hom te wees nie. Sy is bang sy sal weer 'n gek van haarself maak. Dis net haar professionaliteit wat haar nog gekeer het dat sy nog nie voor sy aantrekkingskrag geswig het nie.

Dis net nie regverdig nie. Die man het alles wat in sy guns tel. Hy is aantreklik, gebou om te hou, sjarmant, suksesvol en blykbaar ook welgesteld. Dit is nou as sy na Sonja en Amanda se stories moet luister en na sy twee motors kyk. Nie dat dit haar pla nie. Inteendeel, die feit dat hy geld het tel eintlik teen hom, in haar opinie. Sy het genoeg sulke mans ontmoet oor die jare.

"Waar het jy oral gedans?"

Landie kyk vinnig op toe Pierre se stem haar gedagtes onderbreek. Sy lag verleë. "Jy moet eerder vra waar het ek nié gedans nie. Ek het in Australië, Amsterdam, San Francisco, Londen, Hong Kong en New York die laaste twee jaar gedans."

"Hoekom het jy teruggekom?"

Sy pers haar lippe saam. Sy het nog nie met iemand hieroor gepraat nie, maar hoekom voel sy asof Pierre sou verstaan? Sy kyk op in sy oë wat haar rustig en kalm bestudeer. Sy is dus nie verbaas toe sy wel vir hom die waarheid vertel nie, alhoewel dit nie die volle waarheid is nie. Daar is nog 'n deel wat sy nog nie met enigiemand kon deel nie want sy kry nog te skaam.

"Ek het met 'n besering gesukkel. Die besering het my

alreeds my rol in Swanemeer gekos aangesien ek die besering op die openingsaand opgedoen het. Ek het vasgebyt. Jy weet, gewoonlik gaan mens mos maar aan. Jy blok die pyn en alles uit en gaan net voort. Een oggend toe ek by die *barre* staan en voorberei vir klas, het alles net te veel geword — die pyn, die koue, die alleenheid weg van die huis van my familie en vriende ... Ek het so om my rondgekyk en skielik was ballet nie meer genoeg nie. Ek wou meer hê as dit. Ek het nie eens die klas begin nie. Ek het omgedraai en my bedanking ingedien en my goed gepak en terug gevlieg huis toe. Vir drie maande het ek net gerus, my besering kans gegee om te herstel en die bande met my familie en vriende opgetel. Vir die eerste keer in jare kon ek die feesgety saam met my familie deurbring."

"En nou? Is jy nie spyt nie?"

Landie bly lank stil voordat sy eindelik sê, "Nee. Dit was die regte tyd. Ek het besef ek het balans nodig. Ballet is vir my belangrik en ek wil nog steeds dans, maar ek besef nou eers regtig wat ek alles gemis het al die jare. Ek wil gelukkig wees. Die dinge doen wat ek nooit kon doen nie. Ek sal aanhou dans maar dit is nie meer dié belangrikste ding in my lewe nie. Ek glo dat ek 'n beter danser kan wees omdat ek gelukkiger is hier. Ek het my mense naby en ek het 'n ondersteuningstelsel. Dit kan net alles help," lag sy verleë.

"Jy hoef nie verleë te voel nie. Ek het presies dieselfde gevoel."

Pierre vang Landie se oë vas. "Ek is nou op 'n tyd in my lewe wat rugby nie meer vir my alles is nie. My laaste besering het vir my gewys dat ek moet dink aan my toekoms. Ek sal nie vir altyd kan speel nie maar ek is lief vir die spel en sal dit nie sommer eenkant toe kan skuif nie. Party sê vir my ek is laf. Ek is nog jonk maar ek dink ek het bereik wat ek wou. Ek het die geleentheid saam met die Buffels gehad om talle bekers te wen. Ek het selfs die geleentheid gehad om die Wêreldbeker omhoog te hou. Net soos jy het die tyd vir my aangebreek om aan ander dinge te dink."

"Wat het jy in gedagte?" vra Landie. Miskien moes sy eerder nie gevra het nie, maar die vraag was uit voordat sy dit kon keer.

Pierre glimlag, heeltemal gemaklik en vol selfvertroue, "Dis maklik. Ek wil trou, Landie. Kinders hê, maar net wanneer my toekomstige vrou voel dis reg."

Landie wil nie eens daaraan dink nie. In die laaste paar weke het sy te gewoond geraak aan die man. Hy het haar slinks gevang. Sy het nie eens besef sy was besig om op hom verlief te raak nie.

Nou weet sy.

Pierre onderbreek weer haar gedagtes met sy volgende vraag. "Wat sou jy anders wou doen as jy nie 'n ballerina was nie?"

Landie frons. "Ek wou nog nooit iets anders wees nie. Ek moet dans. Ek dink nie ek sou gelukkig gewees as ek nie kon gedans het nie. Party mense sê mos dat dit nie waar is dat jy ballet kies nie. Ballet kies jou."

"Hmm," sê Pierre. "Lyk my daar is tog meer dinge wat ons in gemeen het, al stry jy. Dis dieselfde met rugby."

Sy draai haar kop luiweg om na Pierre te kyk toe hy weer aandring, "Maar jy het my nog nie geantwoord nie. Wat gaan jy doen as jy ophou ballet doen? Klasgee?"

Landie trek haar mond op 'n plooi soos sy dink en toe glimlag sy, "Soos my susters het ek 'n goeie skoot kunssinnigheid van my ouers geërf. Ek hou net nie daarvan om my hande vuil te mors nie, so beeldhouwerk is uit. Miskien nog verf, maar ek dink nie ek sou 'n lewe daaruit kon maak nie. Choreografie, miskien? Onderwyseres dalk soos my ma? Nee, ek ... Behalwe ..."

Landie bloos. Sy het nog nooit vir iemand anders dit vertel nie, maar net soos vroeër toe hulle oor hul beroepe gepraat het, is dit asof sy Pierre kan vertrou met haar grootste geheime.

Dit is amper asof hul vriende geword het die laaste paar weke. Dis nie te sê dat Landie minder van hom bewus is nie, want sy is, maar sy het begin ontspan in sy geselskap.

"Daar is iets, Sproetjies, dan nie?" vra Pierre nou duidelik geïnteresseerd.

"Ek het nog nooit vir iemand vertel nie," erken Landie met 'n ligte frons.

Pierre se oë blink van ondeundheid toe hy skielik sê, "Ek weet. Jy wou eintlik 'n paaldanser wees."

Landie klap sy arm en frons kwaai. "Moenie laf wees nie."

"'n Bankrower?" probeer hy weer.

Landie skud haar kop, maar sy kan sien dat hy sommer stuitig is, toe hy weer vra, "Hm, 'n politikus."

"O wee, nee dankie," lag sy nou saam.

Hy sug oordrewe en sê dan kamstig moedeloos, "Ek weet nie. Wil jy nie maar vir my vertel nie?"

"Belowe jy sal vir niemand vertel nie?" vra Landie stil.

Skielik vou sy groot hand oor hare. Sy stem is diep en rustig toe hy haar verseker, "Ek wil nooit jou vertroue skaad nie, Sproetjies. Jy kan my maar vertel. Ek sal jou geheim hou — maar net as jy regtig wil."

Landie kyk op na hom. Weg is die terglus. Sy seegroen oë bestudeer haar aandagtig en Landie weet op daardie oomblik dat sy hom kan vertrou. Sy bloos liggies, stil bewus van sy hand wat hare warm omvou en dan sê sy, "Van kleins af was ek gefassineerd deur balletklere. Wel, nie net in balletklere nie, maar allerhande konsertklere, soos my ma dit genoem het. Ek sal graag my eie reeks wil ontwerp — veral vir 'n moderne ballet."

"Nou hoekom doen jy dit nie?" vra Pierre weer.

Landie bloos. "Ek het gedink … Dit is te sê as jy ja sê, wil ek graag ons kostuums ontwerp vir ons vertoning."

Pierre frons en dan vra hy, "Watse kostuum? Ek wil net nie sulke frillerige goed dra nie. En ook nie iets wat al my ..."

Hy haak vas, en dan tot Landie se verstomming bloos hy terwyl hy met sy hande so half om sy onderlyf beduie. Hy haal diep asem maar sy oë ontmoet nie hare nie toe hy weer probeer en so halfhartig met sy hande beduie wat hy eintlik bedoel, "Al my ... bates beklemtoon nie. Asseblief nie, Sproetjies. Ek sal nooit die einde van dit hoor nie."

Landie besluit om hom so bietjie te terg. Hy doen dit mos gereeld met haar, dus wil sy hom net so bietjie in eie munt terugbetaal. Sy sug en sê met oordrewe teleurstelling, "Ag nee. Beteken dit nou dat jy nie die wit lycra spanbroek wil dra nie?"

Pierre skud dadelik sy kop maar Landie gee nie bes nie. "Kom nou, Pierre. Jy weet dat al die meisies kom kyk net om jou in 'n stywe broek te sien sonder 'n hemp."

"Sproetjies, ek belowe jou ... As ek dit moet dra, hou ek net hier op. Dan moet jy maar met Donnie dans."

Landie kan die giggel nie keer nie. Pierre kyk fronsend na haar, maar toe hy besef dat Landie nie ernstig is nie, lag hy verleë. Dit laat Landie net meer lag, maar die volgende oomblik sluk sy haar lag toe Pierre haar skielik gryp en tot op sy skoot trek. Haar oë ontmoet syne en toe is dit asof die wêreld om hulle stilstaan. Dit voel asof sy kop in stadige aksie nader na hare beweeg want dit is omtrent 'n ewigheid voor sy lippe uiteindelik oor hare streel. Eers veerlig, soos skoenlapper-soentjies, maar toe meer ferm. Die wêreld tol om haar en Landie het net nie 'n ander keuse as om haar vingers in sy hare te strengel sodat sy nie afval nie.

Toe hy uiteindelik sy mond van hare lig, is albei van hulle se asemhaling hortend. Landie maak haar oë stadig oop toe Pierre se hand liggies oor haar wang streel. Hierdie keer is daar geen lag of ondeundheid terwyl hy haar ernstig beskou nie. "Ek droom al weke daarvan om jou weer so te soen, Sproetjies. Eintlik van

daardie eerste dag wat ek jou gesien het in die park. Ek kon nie
my geluk glo toe ek jou daardie dag by die stadion gesien het nie
en ek het geweet dat ek alles in my vermoë gaan doen om jou
beter te leer ken. Sê my asseblief dat jy ook so voel? Dat jy my —
of eerder ons — 'n kans sal gee?"

Landie sien die erns op sy gesig.

Alhoewel 'n stemmetjie haar waarsku dat sy dit dalk gaan
berou, onderdruk sy dit. Wie wil sy nou flous? Sy is dolverlief
op Pierre Basson. Hoe kan sy dan nou die kans laat verbygaan?
Voor sy dit weer kan heroorweeg knik sy. Pierre gee haar nie eens
'n kans om die besluit te berou nie, en toe sy lippe hierdie keer
ferm oor hare sluit, weet Landie dat sy die regte besluit
geneem het.

"Nou ja toe," grinnik haar swaer toe hy Landie se skouer
stamp. "Wie sou nou kon dink dat jy ooit eendag saam
met jou swaer sal rugby kyk."

Landie kan Deon skaars hoor onder die groterige skare hier
in die Mbombela stadion waar die Buffels vanmiddag teen die
Blesbokke speel in die Interprovinsiale toernooi. Landie weet
nie eens hoe om vir Deon te antwoord nie, want hy is reg. Sy het
nog nooit vantevore hier kom rugby kyk nie en geen een van hul
laerskool vriende wat hulle vanmiddag hier raak geloop het kan
glo dat Landie hier is nie.

Sy kan dit nog skaars glo. Die twee weke sedert daardie aand
in die studio toe Pierre haar gevra het om hulle 'n kans te gee,
het soos 'n droom verbygegaan. Hulle het nog beide vol
programme — Pierre, meer as hare maar hulle het soveel tyd
moontlik saam spandeer.

Elke dag het daardie tydjies net meer spesiaal geword.

Landie moet ook nou maar erken. Waar sy altyd gedink
het rugby is barbaars, het sy nou 'n ander sy van die sport leer

ken, nie net van Pierre nie maar ook van die vroue wat sy ontmoet het en sedertdien mee vriende gebly het. Landie ontmoet hulle nog gereeld vir middagete. Verlede week het Hannah Blake, 'n spesialis-fiksheidskundige haar ook by hulle aangesluit. Deur die gesprekke die middag het sy afgelei hoe wetenskaplik die sport deesdae benader word. Dit het haar belangstelling geprikkel en sy het Pierre met vrae gepeper daardie aand.

Nou ja, hul gesprek het nie daar gebly nie en wat daarop gevolg het is die rede hoekom sy vandag hier sit en kyk hoe Pierre se span die Blesbokke trotseer.

En vanaand, na die funksie gaan Pierre saam met haar plaas toe waar hulle vanaand en môreaand saam met haar familie gaan deurbring. Dit voel vir Landie soos 'n groot stap en al het Pierre dit as 'n alledaagsheid probeer afmaak, kan sy aflei dat hy ook maar onseker en senuweeagtig is om weer haar familie te ontmoet. Al het hulle die aand van haar vertoning goed oor die weg gekom, voel hierdie soveel meer.

Haar blik rus op die man wat haar hart in so 'n kort tydjie gesteel het. So asof hy kan voel dat sy na hom kyk, draai hy terug van sy plek langs die veld en knipoog vir haar, 'n breë glimlag op sy gesig. Net so slaan haar hart weer bollemakiesie.

Sy hoor Deon se laggie langs haar opklink. "Nou wie het die skoot die hoogste deur, Lands? Jy of die rugbyspeler?"

Landie het onwillekeurig vir Pierre terug geglimlag. Met haar blik nog steeds op hom antwoord sy die man wat sy van haar kinderjare af ken. Deon was die broer wat Landie en haar susters nie geken het nie. Of hy was soos 'n broer vir Manda ook, totdat die twee agtergekom het dat hulle gevoelens nie heeltemal dieselfde was as die ander teenoor mekaar nie. Sy kan nie dieselfde van sy ouer broers sê nie aangesien hulle heelwat ouer as sy is, en hulle nie so goed ken soos Deon nie.

Toe Pierre weer omdraai om die spel dop te hou, sug sy

oordrewe. Sy kan dit nou maar net so wel erken. Maar wie sou haar nou kan kwalik neem?

Pierre speel nie vandag nie. Vandag dra hy die swart chinos en liggrys hemp soos die res van die afrigtingspan. Die broek span styf om sy agterstewe en bo-bene, en al lyk dit of die hemp spesiaal vir hom gemaak is, span dié net so styf oor sy skouers en bo-arms. Hy het die moue opgerol en Landie sluk swaar. Wie sou nou kon dink die voorarms met die glinstering van die son op die donker hare wat sy vel bedek sou haar so affekteer? Die strale van die laatmiddag son speel oor die natuurlike ligter bruin strepies in sy hare.

Toe Deon weer lag, ruk Landie uit haar beswyming en bloos. Sy kyk na Deon wat haar aandagtig beskou en kyk dan weer verleë weg. Sy gaan nie kan jok nie, en erken dus net, "Ek kan jou nie daarop antwoord nie, Deon. Al wat ek weet is dat ek hard vir hom geval het maar ek is nog bang. Ek wil nie weer seerkry nie."

"Lands?" sê-vra Deon.

Landie draai haar kop weer na hom toe. Deon klink nou ernstig toe hy saggies sê, "Jy het nog nooit vir een van ons vertel wat in New York gebeur het nie maar ek dink jy moet vir Pierre vertel. Die man is duidelik oorhoops oor jou maar as daardie onsekerheid tussen julle gaan staan, gaan julle nooit 'n verhouding kan maak werk nie, al is julle ook hoe mal oor mekaar."

Landie knik. Sy sug gelate. "Ek weet jy is reg maar ek weet nie hoe nie ..."

"Jy sal wel weet wanneer dit die regte oomblik is, kleinsus. En ek glo dat wat dit ook al is wat jou weerhou om weer in mans te vertrou, nie vir Pierre op 'n afstand gaan hou nie."

Die eindfluitjie blaas en bring 'n einde aan hul gesprek. Die roesemoes van die skare wat die stadion verlaat, maak dit nie verder moontlik nie. Soos 'n ware ouboet wag Deon vir Pierre om sy verpligtinge af te handel. Eers toe Pierre by hulle aansluit om Landie te kom haal, groet haar swaer met die belofte dat hy hulle later op die plaas sal sien.

G elukkig is hy 'n plaasseun en is gewoond aan vroeg opstaan. Pierre kon nog nooit van daardie gewoonte ontslae raak nie en vandag is hy bly daaroor toe hy vroegoggend by Landie se pa in die kombuis aansluit. Al is dié nie 'n boer nie, het hy dieselfde gewoonte as Pierre. Dit het Pierre gelukkig gister al uitgevind en hy het geweet dat dit die kans is waarop hy gewag het.

Hy het nie lank tyd nie. Hy en Landie wil nog voor sonop in die pad val sodat hulle betyds in Pretoria kan wees om hul verpligtinge te hervat.

Hy wonder of Johan Schoeman nie 'n idee het waaroor Pierre so vroeg reeds by hom aansluit nie. Hy wag tot Pierre 'n koppie koffie in die hand het voor hy met sy kop beduie dat Pierre hom moet volg.

Die daaropvolgende gesprek is nie maklik nie. Jinne, hoe vertel jy vir 'n pa dat sy dogter jou hart gesteel het? Johan laat Pierre behoorlik les opsê en net toe hy Pierre behoorlik laat sweet het, glimlag hy skielik en net so gee hy sy toestemming dat Pierre vir Landie kan vra om te trou — wanneer die tyd reg is.

Pierre weet hy het nog 'n opdraande stryd. Al is hy hoe lief vir Landie en al het hul verhouding in die laaste paar weke verstewig, weet hy dat daar nog 'n klein deeltjie van Landie is wat sy terughou. Tot sy hom nie in haar vertroue neem nie, gaan hulle nie hul verhouding verder kan voer nie.

Hy wil haar egter nie druk nie. Hy sal maar net geduldig sy kans afwag.

Pierre se kans kom egter gouer as wat hy gedink het. Sommer net 'n entjie nadat hulle van die plaas af vertrek het, terug op die N4 na Pretoria, vra Landie dat hulle by Joe's stop wat deel vorm van Patatasnek en die begin van die smal Schoemanskloof.

Sy skink vir elkeen 'n beker koffie neffens die geverfde rots aan die suidekant van die pad. "Hoekom noem jy dit Ou Joe's?" vra Pierre terwyl hy die rots beskou.

Landie lag en verduidelik, "Joe Barbas was die voorman wat aan die pad gewerk het êrens daar in 1927 rond. Sy werkers het hierdie rots gekry en gedink dit lyk soos Joe met sy boepens en het dit hier langs die pad staan gemaak. Dit is egter al soveel keer oor geverf om na iets anders te lyk."

"Julle plaas is net hier naby. Die vallei is Schoemanskloof. Is dit toeval?"

Landie skud haar kop. "Nee, die Schoeman-familie was van die eerste boere in die vallei. Ons plaas is maar slegs 'n klein gedeelte van die grond wat vroeër aan die Schoemans behoort het. Ek weet nie eens hoeveel geslagte daar al hier was nie. Daar is gelukkig genoeg nasate want die van gaan met ons deel van die familie verlore gaan."

Pierre knik. Hy weet hoe dit is. Sy ouers het vroeg al die skrif aan die muur gesien dat nie Pierre of sy broer wou boer nie. Landie vra hom, nog voor hy vir haar kan vertel, "Jy kom ook uit 'n familie boere alhoewel jou ouers die plaas verkoop het. Hoekom?"

"My ouers het vroeg al geweet dat nie ek of Leon boere is nie. Om die waarheid te sê, is ek verbaas dat hulle so lank uitgehou het. Reeds toe ons op hoërskool was het hulle dit oorweeg om alles op te gee. Wel, die laaste paar jaar … Droogtes, veediefstal en die hoër veiligheidsrisiko op die plaas het my pa laat besluit dis genoeg. Hy wou nog 'n kwaliteit lewe saam met sy gesin deurbring. Hulle het dit nie eens met ons bespreek nie. Toe ons weer hoor was die transaksie afgehandel en het hulle sak en pak Pretoria toe getrek."

"Is jy nie spyt daaroor nie?" vra Landie.

Pierre skud sy kop. "Nee, Sproetjies. My lewe is in Pretoria, in die stad. Ek weet nie waar die toekoms ons heen gaan lei nie maar ..."

'n Pynflits trek oor haar gesig en sy kyk weg. Pierre besef skielik dis nou of nooit. Dit is die kans waarop hy gewag het. Hy sit sy beker langs hom neer op die grond en draai na Landie, "Landie, wat is dit? Wat laat jou elke keer terugtrek as ek die toekoms noem? Ek het gedink jy wil ons 'n kans gee ..."

Landie maak haar oë vlugtig toe. Wanneer sy hulle oopmaak, blink hul van ongestorte trane. Pierre se hart ruk. Hy verwag die ergste. Wat egter uit Landie se mond kom, verras hom. En hy wens as hy daardie skarminkel in die hande kan kry wat haar so seer gemaak het, hy hom met sy kaal hande sal kan vermoor.

"Ek wil. Ek wil ons 'n kans gee maar ek is bang. Ek wil nie weer seerkry nie en ek is bevrees ... Hierdie keer sal ek nie so maklik daaroor kan kom nie."

Pierre vou sy een hand om hare wat die beker vasklem. Met sy ander hand probeer hy vergeefs die trane wat oor haar wang biggel, weg te vee. "Vertel my, Landie-lief. Vertel my sodat ek kan verstaan."

12

Landie kyk in Pierre se bekommerde oë en weet dat hy reg is. Hy verdien om te weet maar die hemel weet, dis moeilik.

Die seer? Dié is lank reeds vergete. Dit is egter die vernedering en die gevolge wat haar steeds bybly.

Sy sug liggies voor sy byna fluister, "Ek weet dit lyk nie so nie. Hemel, ek het 'n beroep gekies wat my in die kollig plaas maar ... Ek is 'n introvert. Ek is eintlik baie skaam. Behalwe Deon en Donnie het ek nie regtig seunsvriende gehad nie. Ek was in 'n meisieskool my hoërskoolloopbaan. My hele lewe het uit ballet bestaan. Ek het ballet geloop, geslaap en geëet, soveel so dat baie van die lewe by my verbygegaan het. Dit was nog erger toe ek Londen toe is. Die kompetisie was straf. Ek het baie nagte om gehuil, so ver van my familie en my twee beste vriendinne. Ek het egter nooit gedink om tou op te gooi nie."

"Nee, jy lyk miskien sag, Sproetjies, maar jy het ongelooflike wilskrag en deursettingsvermoë. Dit is maar van die baie dinge wat ek van jou bewonder."

Landie bloos maar sy druk tog deur. "Ek was seker naïef.

Oor die jare het ek wel so nou en dan uitgegaan op 'n afspraak of twee maar daar het nie veel van gekom nie. Dit was tot verlede jaar. Daar het 'n nuwe hoofdanser hom by die geselskap aangesluit vir ons finale vertoning van die jaar. Mauritz Fauberge was ... flambojant, sjarmant, amusant. Alles wat ek nie was nie. En hy wou my gehad het. Ek het die gepratery agter ons rûe geïgnoreer en dit as jaloesie afgemaak. Hy was my eerste minnaar. Ek weet ek was een van die raar spesies wat vir die eerste keer by 'n man geslaap het toe ek sewe-en-twintig was maar ... Ek het gedink hy is die een. Dis wat hy my wys gemaak het."

"En toe?" por Pierre aan toe sy te lank na sy sin stilbly.

Landie kyk af na haar hande. "En toe, op ons openingsaand, word ek gekonfronteer oor ons verhouding, nie net met die pers nie maar ook sy vrou."

Pierre swets onderlangs maar Landie ignoreer dit. Sy wens eintlik sy kon haarself ook so uitdruk maar dit gaan niks baat nie.

"Wat het toe gebeur?" vra Pierre toe hy homself onder beheer het.

"Ek het regtig nie geweet nie. Soos ek gesê het, ek was dom, naïef. Ek was so ontsteld en kon nie behoorlik konsentreer nie. Ek het my enkel sleg seergemaak en het my rol verloor."

"Maar jy het nie net opgegee nie, Sproetjies. Jy het gebly. Hoekom?"

"Ek mag dalk dom wees, maar ek is nie 'n lafaard nie. Ek het gedink dat ek sou kon terugkom veral nadat ..."

"Na wat?" vra hy verward.

"So twee weke na my besering was daar een dag 'n klop aan my deur. Dit was Janet, Maurice se vrou. Sy het my verras, geskok eintlik. In plaas van dat sy kwaad was vir my, het sy my kant gekies. Sy het gesê dat sy kon sien dat ek nie een van Maurice se gewone meisies was nie. Sy het gesien hoe geskok en seergemaak ek gevoel het en sy ... Sy het Maurice uitgeskop. Die feit dat hy my so om die bos gelei het, was die laaste strooi. Dit was blykbaar sy ou laai maar die keer het Janet genoeg gehad."

Sy knibbel aan haar onderlip voordat sy voortgaan, "Al het ek teruggegaan na die geselskap, en al was Maurice nie meer daar nie, was dinge nie weer dieselfde nie. My mede-dansers het van Maurice se reputasie geweet maar eerder agter my rug gepraat en geskinder in plaas van om my te waarsku. Dis wat my laat besef het dat dit nie my huis is nie, as jy weet wat ek bedoel?"

Toe Pierre knik, gaan Landie voort. "Die hele debakel het egter een ligpuntjie gehad."

"Wat is dit?"

"In daardie drie maande het ek en Janet verbasend genoeg vriende geword. Sy was die enigste persoon, behalwe jy, vir wie ek vertel het van my droom om 'n kostuumontwerper te word. Sy het my baie geleer, aangesien sy self 'n ontwerper is, maar selfs met haar vriendskap, het alles net te veel geword en ek het met my stert tussen die bene teruggekom."

Pierre vou sy hande om haar gesig en skud sy kop. "Nee, Landie-lief, nie met jou stert tussen jou bene nie. Jy *het* bereik wat jy wou. Jy *het* jou droomrolle gedans, dan nie?"

Landie knik. Hy is reg. Sy was nie 'n mislukking nie. Sy kyk op in sy oë en lees die erns in syne toe hy fluister, "Moet nooit jouself as 'n mislukking sien nie, Sproetjies."

Landie wil nog net een keer seker maak en vra onseker, "Dink jy nie sleg van my dat ek met 'n getroude man ..."

Sy hoef nie eens haar sin klaar te maak voor Pierre sy kop verwoed skud nie. "Nee, glad nie. Jy moet dit nooit dink nie. Die onus was op hom. Hy het jou vertroue misbruik. Onthou net, alle mans is nie so nie, Sproetjies. Daar *is* mans wat getrou kan bly aan die vrou aan wie hul trou belowe het."

"Landie?" vra hy saggies.

Landie staar net na hom. Toe hy besef dat hy al haar aandag

het gaan hy voort, "Ek is 'n man, Landie. 'n Man met foute en ek mag dalk simpel goed aanvang wat maak dat jy vir my kwaad gaan wees, maar weet net, ek sal jou nooit doelbewus seermaak nie. Jy beteken alreeds te veel vir my."

Landie antwoord hom nie. Sy leun net vorentoe en druk haar lippe saggies teen syne. Vir nou is haar gemoed te vol om te praat.

Alhoewel sy die soen geïnisieer het, neem Pierre blitsig beheer. Landie laat haar welgeval want dis wat Pierre aan haar doen.

Dis eers 'n lang ruk later dat hy sy kop oplig en hees fluister, "As ons nie binnekort in die pad val nie, Landie-lief, gaan ons beide in die moeilikheid wees."

D it is die week na hul teruggekeer het na Pretoria en dinge begin al hoe meer in plek val. Dis asof daardie kort gesprek en openbaarmaking 'n verligting vir beide Pierre en Landie is. Daar is geen twyfel meer dat hulle 'n paartjie is nie want die volgende Sondag neem Pierre haar as sy metgesel na 'n braaivleis wat deur Jakes en Angie du Plessis gehou word. Van Pierre, wat saam met Jakes op skool was, en Melissa en Chloe, het Landie die hele storie gehoor van die twee se romanse en troue.

Hulle is nou terug in die land waar hulle die volgende Saterdag weer hul beloftes gaan hernu voordat die Springbokke na die Wêreldbeker gaan vertrek.

Natuurlik is die opkomende troue en die Wêreldbeker, behalwe die fotosessie vir die kalender, die grootste onderwerpe van bespreking. Hoe langer die dag aanhou, hoe stiller raak Pierre. Die middag toe hulle huis toe ry praat hy skaars 'n woord en Landie frons bekommerd. Wat het gebeur vandag dat Pierre so teruggetrek het in sy dop?

Juis omdat hy so stil is, is sy verbaas toe hy haar nie wou laat gaan toe hy voor die woonstelblok parkeer nie. Hy druk haar hand styf in syne en vra smekend, "Ek ... Wil jy nie by my kom koffie drink vandag nie? Jy was nog nie eens een keer in my woonstel nie."

Landie frons. Dit is waar. Sy was nog nie in sy woonstel nie maar sy gaan nie haarself nooi nie. Dit is die eerste keer dat hy haar vra. Sy wou eers snipperig antwoord maar die manier wat hy haar hand vasdruk en haar smekend aankyk asof hy haar nie wil laat gaan nie, stem sy in. Miskien, wanneer hulle alleen is, sal hy praat oor wat hom pla.

Dit is eers egter nadat hy koffie gemaak het en hul elkeen met 'n koppie op die bank gaan sit, dat sy dit nie meer kan hou nie. Pierre staar na sy koffie maar hy wend geen poging aan om te praat nie.

Landie sit haar koppie op die tafeltjie neer en draai na hom. "Wat is verkeerd? Is dit iets wat ek gedoen het?"

Pierre lyk skoon verskrik. Sy koffie mors oor die kant in sy haas om dit ook op die tafeltjie te sit. Sy hand is nog nat van die koffie toe hy hare vasgryp. "Nee, natuurlik nie."

"Hoekom is jy dan so stil? Jy het al hoe stiller geword deur die dag."

Pierre blaas sy asem uit, "Ek is jammer. Dis net ... Met alles wat gebeur het die laaste paar maande, het die werklikheid nog nie ingesink nie. Dis eers toe al die ouens vandag praat oor die Wêreldbeker dat dit my eers tref."

"Wat is dit? Wat ontstel jou so?"

Pierre snork. "Behalwe dat ons die laaste een verloor het in die kwarteindstryd?"

Landie knik. "Ja, want dit is nie wat jou so pla nie, is dit?"

Hy skud sy kop. "Nee, jy is reg. Ek is lankal oor daardie teleurstelling."

"Nou wat is dit dan?"

"Miskien was dit nie net al die gepraat oor die rugby wat my getref het nie, maar meer oor al die gepratery oor liefde en trou. Dit het my weer eens laat besef dat my vriende almal besig is om aan te beweeg, elkeen aan die begin van 'n nuwe fase in hul lewens. En ..."

"En wat?"

Hy kyk op, vang haar oë vas met syne en fluister, "En ek wil dit ook hê, Landie. Ek wil ook daardie liefde en kameraadskap wat Jakes en Angie het, en Daniel en Melissa en ..."

Landie breek oogkontak. Sy knibbel haar onderlip, haar gedagtes 'n warboel. Wat tussen hulle ontwikkel het die laaste weke is wonderlik maar is sy gereed om hul verhouding verder te neem? Sy is nog nie seker daaroor nie. As hy dalk vir haar gesê het hy is lief vir haar, of regtig omgee vir haar, maar sy kan nie haarself weer aan 'n verhouding bind, veral nie die fisieke deel daarvan, en hy is nie ernstig nie.

"Sproetjies?"

Landie draai haar kop na hom en sien die onsekerheid in sy oë. Sy hand gly oor haar wang toe hy saggies byvoeg, "Ek wil jou nie afskrik nie, Sproetjies. Ek weet jy is nog nie seker oor my, oor ons en alles nie. Vat jou tyd. Ek sal vir jou wag. Al wat ek vra is 'n kans."

En wat doen sy? Natuurlik stem sy in want is dit nie wat haar hart smeek om te doen nie?

Verligting flits oor sy gelaatstrekke maar dan is alles vergete as sy mond hare opeis in 'n soen wat voel asof dit vir altyd en altyd aanhou.

Landie weet instinktief dat dit is waar dit vanaand gaan bly maar dit gaan nie altyd so wees nie.

Dis eers lank daarna dat Pierre saam met haar na haar woonstel toe stap. By die deur stop hy haar. "Twee vrae, Sproetjies, voor ek nag sê."

Landie kyk vraend na hom en hy glimlag terwyl sy hand oor

haar hare streel. "Een, sal jy saam met my die naweek Nyathi toe gaan vir die troue? Ons gaan sommer daar oorslaap so jy sal moet 'n oornagtas pak. Ons sal Saterdag hier ry net na ete."

"Is jy seker? Ek meen, dat jy wil hê ek moet saamgaan?"

Pierre knik ferm. "Natuurlik is ek."

"Nou goed dan. Dis vraag een. Wat is die ander een?"

"Het jy iets beplan vir Woensdagaand?"

Landie skud haar kop. "Nee, niks spesifiek nie."

Hy glimlag ondeund en beveel, "Nou hou dan oop vir my. Hoe klink aandete vir jou?"

"Maar ons gaan mos sommer na die klas Dinsdag. Is dit nodig om weer Woensdag te gaan?"

"Natuurlik. Woensdag is mos spesiaal, dan nie?"

Dit is wat sy vermoed het. Hy het iewers uitgevind sy verjaar. Gaan sy nee sê? Nee, natuurlik nie. So onnosel is sy darem ook nie. En ja, daar is niemand anders met wie sy graag haar verjaarsdag wil deurbring as met Pierre nie.

Pierre vee sy hande aan sy broek af voor hy die deurklokkie lui. Sy hart klop onstuimig toe hy voetstappe hoor. Die volgende oomblik maak Landie die deur oop en vir daardie sekonde of twee voel dit asof hy nie kan asemhaal nie.

Kyk, hy weet die vroumens is mooi, maar vanaand slaan sy hom sommer totaal en al vir 'n kishou. As hy nog nie verlief was nie ... Nee, as hy haar nog nie liefgehad het, is hy seker dat hy op daardie oomblik vir haar sou geval het.

Die glans-bruin hare hang in los krulle oor haar skouers. Die grimering is subtiel maar tog gee dit haar 'n warm, sensuele voorkoms. Die vol, pienk mond lok hom uit om haar te soen maar hy onderdruk die begeerte. Nie nou al nie want Pierre het 'n vae spesmaas dat as hy dit gaan waag om haar net een keer gaan soen, hy nie gaan stop nie. En hy het 'n aand vir haar beplan wat hy hoop die eerste van baie sal wees.

Hy het mos goed geluister na alles wat sy hierdie laaste paar weke genoem het wat sy nooit gehad het in haar lewe nie. Dis nou die tyd.

Hy sluk eers sy tong om sy asem terug te kry terwyl sy oë waarderend oor haar liggaam gly. Sy dra 'n sagte blou rok wat haar ferm tog slanke lyf beklemtoon. Landie maak keelskoon en hy kyk verleë op toe hy agterkom dat sy hom uitgevang het haar lyf bewonder. Sy kan hom egter nie kwalik neem nie dus maak hy nie eens verskoning nie.

Al wat hy dus nou doen is om nader te leun om die bos rooi rose in haar hand te druk en teen haar oor te fluister, "Weer eens, baie geluk met jou verjaarsdag, Landie-lief. Jy lyk pragtig."

Sy glimlag en druk haar neus in die blomme om die diep aroma in te adem voordat sy hom vinnig bedank, "Baie dankie vir die blomme, die gelukwensing en die kompliment. Wil jy inkom terwyl ek gou die blomme in die water sit?"

Pierre knik en volg haar na binne. Hy leun teen die kombuis se kosyn terwyl hy haar dophou terwyl sy die blomme rangskik. Hy volg haar na die sitkamer waar sy die blomme op die kaggel neersit. Hy merk op hoe haar vingers vir oulaas liefderik oor 'n roosknop streel voordat sy omdraai en aankondig, "Dankie, ek is gereed. Ons kan maar gaan."

Pierre hou sy arm na haar toe uit en sê, "Tot u diens."

Landie neem sy arm met 'n glimlag en vra skalks toe hulle buite kom, "Waar gaan ons heen? Jy was so geheimsinnig gewees."

"O, nie ver nie," lag hy.

Landie frons verward toe Pierre haar na sy woonstel lei. Sy wou nog iets sê maar dan val haar mond oop toe Pierre die deur oopdruk en haar na die sitkamer begelei. In verwondering staar sy na die kers-verligte vertrek. Die eetkamertafel is intiem gedek vir twee en sagte musiek speel in die agtergrond.

Hy hou haar gesig dop terwyl sy alles inneem en sy uiteindelik verwonderd na hom draai. "Hoekom?"

Hy stap tot voor haar en laat sy vinger oor haar wang gly. "Want ek wou jou verjaarsdag spesiaal maak." Hy maak vinnig keelskoon en voeg by, "En ek wil jou nie vanaand met ander deel nie."

Sy bloos effens. Haar hand beduie half hulpeloos na die tafel en die kerse, en vra, "Hoe het jy geweet?"

"Ai, Landie-lief. Hoe kon ek nie weet nie? Jy het die laaste paar weke soveel klein goedjies laat val. Ek kon nie anders as om te luister nie. Al daardie dingetjies wat jy gemis het of nooit ervaar het nie. Al wat ek geweet het is dat ek die man wou wees wat dit vir jou gee. Die kerslig, die romanse, die musiek ... alles. Alles net vir jou."

Sy maak haar oë vlugtig toe. Hy is bang dat sy gaan huil maar sy verras hom weer eens toe sy hulle oopmaak en vir hom glimlag. Sy staan nog nader aan hom. Haar hand gly om sy nek en sy trek sy kop af na hare. En soos hy vermoed het, beroof daardie soen hom byna van sy gesonde verstand. Net die feit dat daar nog soveel is wat hy vir haar vanaand wil wys en gee, laat hom met 'n laggie terugtrek en terg, "Wag eers tot jy my kos geproe het, dan kan jy my behoorlik bedank maar kom ek skink eers vir ons iets."

Hy lei haar na die tafel, trek die stoel vir haar uit voordat hy na die ysbak strek om die bottel sjampanje uit te haal. Landie se oë glinster want ja, hoe snaaks dit ook al mag klink, het sy nog nooit sjampanje gedrink behalwe op 'n troue of 'n openingsaand-gala nie. Niemand het nog ooit vir haar rooi rose op haar verjaarsdag gegee nie. Niemand het nog vir haar 'n romantiese ete voorberei nie. Sy het ook nog nie sommer net gedans met iemand omdat dit lekker is nie. Behalwe natuurlik daardie aand in die studio. Sy het nog nooit sjokoladebruintjies geëet nie. Daar is ander dinge ook. Daardie lysie is lank. Maar daardie is die dinge wat hy vanaand vir haar kan, en wil gee.

Landie geniet die ete terdeë. Al moet Pierre dit self sê is hy nie 'n slegte kok nie. Hy moes vinnig leer toe hy Londen toe is en hy skielik alleen was. Net vir die wis en die onwis het hy die ete eenvoudig gehou sodat hy nie te lank in die kombuis hoef te spandeer nie. Hy kon daardie tyd veel beter benut deur aandag aan Landie te gee.

Die voor- en hoofgereg is lankal reeds verby toe Pierre opstaan en sy hand na Landie uitstrek en vra, "Dans met my?"

Verras kyk sy na sy hand maar sy glimlag dadelik en lê haar hand in syne. Vanaand is daar geen kans vir fieterjasies nie. Hy trek haar summier styf teen hom terwyl hy haar hand op sy skouer sit. Sy voeg dadelik haar ander hand by en laat gly haar hande tot agter sy nek. Pierre se hande wat vir 'n oomblik op haar heupe gerus het gly tot agter haar rug.

Hy glimlag en sê saggies, "Onthou jy dat jy genoem het dat jy nog nooit ge-sokkie het nie?"

Landie knik, en Pierre grinnik, "Jy weet dus nie wat gebeur met die laaste paar danse op 'n sokkie nie, nè?"

Landie skud haar kop maar hy kan sien dat daardie klein glimlaggie al klaar dreig om te ontsnap. Hy leun nog nader aan haar, sy mond slegs sentimeters van hare toe hy verduidelik, "Wel, daardie laaste paar danse is die stadige danse. Dis wanneer die paartjies wat mekaar al die hele tyd dopgehou het en te bang was om iets te doen, hul kans waarneem. Dit is wanneer jy uitvind of daardie vonk wat jy al die hele aand gevoel het, regtig daar is. Soos so," voeg hy die daad by die woord toe sy mond hare opeis. Die soen is sag, speels. Hy neem haar op 'n ontdekkingsreis van nuwe ervarings en hy kan sien dat sy dit geniet.

Na die derde stuk musiek wegsterf trek hy terug en vra hortend na 'n langasemsoen, "Reg vir nagereg?"

Hm, miskien was daardie laaste soen dalk nie so goeie idee nie want sy staar half verward na hom. So byna-byna het sy gevoelens die oorhand gekry maar hy is nog nie klaar nie.

Sy knik woordeloos. Pierre du haar in die rigting van die bank en sê, "Gaan sit sommer op die bank. Ek is nou terug by jou."

In die kombuis moet hy eers sy bewende hande onder bedaring bring voordat hy 'n klein bordjie neem en 'n stukkie van die sjokoladebruintjie wat sy suster gemaak het, daarop plaas. Hy kan nie erkenning vir hierdie een neem nie maar hy het lankal verklaar dat daar niemand is wat hierdie lekkerny soos Izané kan maak nie.

Hy huiwer by die kombuisdeur en beveel saggies, "Maak jou oë toe."

Landie rol haar oë maar so ewe gedwee gehoorsaam sy. Pierre glimlag en stap nader. Hy sak langs haar op die bank neer en beveel weer, "Moet nog nie jou oë oopmaak nie."

Sy sug oordrewe maar haar oë bly toe. Hy sit die bordjie op die tafeltjie voor hom neer. Met die vurkie steek hy 'n stukkie van die bruintjie af. Hy bring dit tot voor haar mond en por haar saggies aan, "Maak jou mond oop."

Hm, miskien nie so 'n goeie idee nie. Landie maak wel haar mond oop, maar die oomblik toe hy die stukkie koek op haar tong plaas, vlie haar oë oop. Haar mond gaan toe dieselfde tyd wat haar oë weer toegaan. Sy rol die lekkerny in haar mond en dan sug sy behaaglik. Oombliklik laat sy libido hom weet dat hy behoorlik wakker is. Toe haar tong oor haar lippe gly asof sy proe of daar nog is, was dit neusie verby. Met 'n kreun leun hy nader.

Nee hel, hierdie soen is nie subtiel nie. Dis nie sag of teer of romanties nie maar hy het sy breekpunt bereik. Sy tong gly oor haar lippe, proe die soet smaak van sjokolade en sjampanje en iets wat hy al met Landie vereenselwig.

Sy maak dit nie makliker vir hom om homself te beheer nie want haar mond gaan gewillig onder syne oop. Haar hande beweeg strelend oor sy skouers en delf in sy hare en Pierre weet dit is byna neusie verby. Hy is vaagweg bewus daarvan dat die vurkie kletterend op die vloer val.

Eers toe hy voel asof al die suurstof uit sy longe gesteel is, lig hy sy kop om net bietjie weer asem te haal. Hy staar verdwaas na Landie. Hoe de hel het hulle in hierdie posisie beland? Landie lê op die bank en Pierre is bo-oor haar uitgestrek. Wat alles net meer intens maak is dat daardie ballerina-bene waarvan hy nie sy oë kan afhou nie, om hom geslaan is. Daar is geen twyfel aan wat sy aan hom doen nie, want daar is geen manier wat hy sy ereksie kan wegsteek nie.

Landie lig haar heupe wat maak dat hy nie sy kreun kan keer nie. "Landie-lief, as jy so aanhou ..."

Haar hande gly van agter sy kop en sy lê een op elke wang. Op daardie oomblik is daar geen teken van speelsheid in haar oë nie toe sy hom vra, byna beveel eerder, "Maak liefde met my, Pierre."

Hy wil net seker maak dat dit nie sy verbeelding is nie en vra, "Is jy seker, Sproetjies? Al lyk dit dalk nie so nie, ek kan stop."

"Ek wil nie hê jy moet stop nie. Jy het nou die dag vir my gesê jy sal wag tot ek gereed is. Ek *is* gereed. Ek wil jou hê."

Pierre se gemoed is te vol om te praat. Hy leun af en soen haar. Voor hierdie soen egter die kans kry om hand uit te ruk, lig hy sy kop en staan dan op. Hy maak korte mette van die kerse voordat hy weer langs die bank tot stilstand kom waar Landie hom met 'n glimlaggie lê en beskou. Hy hou sy hand uit na haar sonder 'n woord. Sy lê haar hand sonder teëstribbeling in syne en met 'n grasieuse beweging kom sy regop.

Pierre beweeg egter nie. Hy staan doodstil.

Om die waarheid te sê is hy bang om eerste te beweeg. Wie sê sy het nie van plan verander nie?

Hy hoef egter nie te vrees nie. Landie vou haar hand stewig om syne en dan trek sy hom na die deur. Hy volg gedwee. Links of regs. Dit sal sy antwoord wees. Tot sy verligting is dit regs en toe huiwer hy nie meer nie.

In een vinnige beweging swaai hy haar tot voor hom. Hy steel haar laggie toe sy mond hare vasvang. Sy hande gly na haar agterstewe en hy lig haar op. Haar bene gly onmiddellik om sy heupe en haar arms om sy nek.

Sonder om die soen te onderbreek volg hy die reeds bekende roete na sy slaapkamer. 'n Slaapkamer wat hy sedert hy hier ingetrek het, alleen bewoon het. Niemand hoef vir hom te sê dat dit vanaand gaan verander nie. Daarvoor is Landie se reaksie te entoesiasties.

En Pierre weet ook, die oomblik wat hulle daardie vertrek instap, die oomblik wat hy haar syne maak soos hy al maande lank droom om te doen, dinge vir altyd gaan verander.

Hul lewens gaan nooit weer dieselfde wees nie want hy is nou reeds oortuig dat hy nie vir Landie wil laat gaan nie.

Die volgende oggend maak sy wekker hom soos gewoonlik wakker. Hy strek sy hand oudergewoonte uit om dit dood te druk.

Dit is egter waar daardie ooreenkoms met ander oggende verskil want vanoggend is hy nie alleen nie. Vanoggend hoef hy ook nie 'n koue stort te neem nie.

Hy voel Landie se hand oor sy borskas gly en hy glimlag. Sonder 'n woord rol hy haar onder hom in. Sy trek haar asem vinnig in maar hy gee haar nie 'n kans om te reageer nie. Sekondes voor sy mond hare in besit neem, fluister hy, "More, Sproetjies," dieselfde oomblik wat hy in haar gly.

En net soos die vorige aand kom Pierre tot dieselfde gevolgtrekking.

Dis waar hy wil wees. Nie net nou nie, maar vir altyd.

Landie is sy huis, sy toekoms en hy wil nooit weer sonder haar wees nie.

13

Die volgende vier maande gaan soos 'n droom verby. In Pierre het Landie alles gevind waaroor sy altyd in 'n man gedroom het en nooit gedink het sy sou kry nie.

Vir die eerste keer in 'n lang tyd kan sy sê sy is gelukkig. Besig, maar baie gelukkig. Hierdie is egter 'n ander besig. Waar haar lewe voorheen net bestaan het uit dans, het Pierre 'n mate van normaliteit in haar lewe gebring. Daar is geen opvoerings vir die res van die jaar nie, en alhoewel Landie nog steeds in die oggende les neem by Madame Rouxbaix tot middagete, en in die middae klas gee, is haar lewe meer ontspannend.

Een keer 'n week oefen sy en Pierre nog saam maar die res van die tyd doen hulle gewone goed wat enige ander paartjie doen. Soos stry wie se beurt is dit om kos te maak, of gaan eet of fliek saam met sy broer en suster of kuier saam met hul families. Niemand vra uit oor hul verhouding nie, maar hulle hoef ook nie. Pierre maak geen geheim daarvan dat hulle saam is nie.

Soms gaan fliek hulle of ander kere verras Pierre haar met 'n dag se bederf. Die vroue by die Buffels het goeie vriendinne geword en soms gaan Landie saam met hulle eet of kuier.

Sy is besig met 'n ander projek. Soos sy reeds 'n paar maande gelede vir Pierre verduidelik het, wil sy graag kostuum-ontwerp doen. In die paar maande wat sy in Mbombela deurgebring het, het sy klas geneem by 'n plaaslike naaldwerkster. Sy het eers net haar en Pierre se kostuums vir die liefdadigheidskonsert ontwerp. Vooraf het sy ure in die kostuum-afdeling by Jakaranda Ballet en by 'n organisasie in Johannesburg deurgebring wat kostuums ontwerp om navorsing te doen.

Haar eerste twee pogings om veral Pierre se kostuum te maak was 'n totale mislukking. Landie het dus wys besluit om eerder die kostuums te ontwerp en 'n naaldwerkster in Laudium te kry om die kostuums te maak.

Sy moet erken, dit was groot pret om Pierre se kostuum te maak. Hy was nog steeds bekommerd dat sy vir hom 'n stywe broek gaan maak wat sy "pakket" gaan afwys. Landie het hom 'n hele ruk aan 'n lyntjie gehou voor sy die finale produk vir hom gewys het. Miskien moes sy langer uitgehou het want hy het haar so ordentlik bedank dat sy nou nog bloos as sy daaraan dink.

Aangesien hulle op 'n moderne stuk musiek gaan dans, het sy besluit op 'n moderne kostuum maar wat tog iets van 'n klassieke ballet weerspieël. Sy het eers oorweeg om vir Pierre sonder 'n hemp te laat dans maar het daarteen besluit. Die musiek was romanties en sy wou dit ook in hul kostuums weergee. Vir haarself het sy 'n wit rok gekies met 'n wasige romp wat tot haar enkels reik. Vir Pierre het sy 'n broek ontwerp van sagte denim waarin hy nog steeds gemaklik kan beweeg. By dit sal hy 'n wit hemp dra wat lank genoeg is om sy "pakket" te bedek.

Toe Landie die kostuums vir Donnie en Madame Rouxbaix wys, was hulle so ingenome dat Madame Rouxbaix haar gevra het om kostuums vir die res van die dansers te maak. Landie was in haar noppies. Dit het harde werk geverg en haar genoodsaak om nog 'n naaldwerkster aan te stel om die bestellings betyds gereed te kry.

Pierre het haar ook hierin ondersteun. Hy het selfs sy gastekamer laat ontruim dat Landie dit as 'n ateljee kon gebruik.

Die enigste voorval in hul verhouding wat moontlik wrywing kon veroorsaak is toe Lisbeth die briljante idee gekry het dat Landie en Pierre die vertoning moet bekendstel voor die laaste rugbywedstryd van die seisoen wat die Buffels op hul tuisveld sou speel. Alles het goed gegaan, totdat Pierre Landie se romp vasgetrap het en dit heeltemal in die slag gebly het.

Landie het kop gehou en aangehou om die pirouette te doen maar sy kon Pierre se spanning aanvoel. Hy het nie 'n woord gesê na dit verby is nie. Hy het net Landie se geskeurde romp opgetel, haar hand geneem en teruggelei na die tonnel. Dis egter die manier wat hy haar hand vasklem wat laat deurskemer het dat hy bekommerd is oor haar reaksie.

Die spelers was nog in die kleedkamers en die gang was stil. Landie kon hom selfs hoor sluk toe hy na haar draai en saggies prewel, "Ek is so jammer, Sproetjies. Ek het geweet dat ek jou in die verleentheid gaan stel. Ek het vir Lisbeth gesê dit gaan gebeur."

Landie het haar hand teen sy wang gelê om hom gerus te stel en sy woordevloed te stop. "Pierre, jy hoef regtig nie so nie bekommerd te wees nie."

Sy het saggies gelag. "Jy weet nie hoeveel kere sulke goed al gebeur het nie. Ons leer om aan te pas. En jy het my eintlik 'n guns gedoen," paai sy.

"Hoe bedoel jy?" vra hy fronsend.

"Want andersins sou ek eers tydens die kleedrepetisie uitgevind het die romp is te lank en dan sou ek dalk paniekerig raak om dit in daardie kort tydjie reg te maak. Nou kan ek net my kostuum aanpas."

"Maar ek is mal oor jou kostuum. En jy het so hard gewerk daaraan," probeer hy nog argumenteer.

"Ek sal nie my kostuum verander nie, aangesien jy so baie daarvan hou. Ek sal dit net bietjie korter maak. Ek het vergeet dat ons kaalvoet gaan dans en dat ek nie soveel op my tone gaan deurbring soos gewoonlik nie. Dit is 'n goeie les om te leer."

Hy blaas sy asem stadig uit en buk vorentoe om haar te soen. Net voor sy mond hare opeis fluister hy, "Dis hoekom ek so mal is oor jou, Sproetjies." En soos gewoonlik laat sy soene Landie van alles om hulle vergeet. Dit was egter tot Pierre se spanmaats se wolwefluite agter hulle opgeklink het. Pierre het haar egter net laggend laat gaan en in die kleedkamer verdwyn.

Na daardie bekendstelling is daar nog net twee weke in die Interprovinsiale toernooi oor. Die eerste van dié is die semi-finaal wat die Buffels verloor. Die week daarna het hulle dus 'n loslootjie. Pierre het onderlangs gekonkel en Donderdagmiddag laat Madame Rouxbaix Landie vroeg gaan. Donnie sal haar lesse vir die dag waarneem. Effens verward, maar tog dankbaar vir die breuk, stap Landie na buite. Haar verbasing groei toe Pierre vir haar buite die ateljee langs sy motor wag.

Na hy haar behoorlik gegroet het, lig hy haar so ewe in, "Kom, klim in sodat ons kan ry."

"Waarheen gaan ons?" vra Landie nuuskierig.

"Vir my om te weet en vir jou om uit te vind," lag hy.

Landie het die laaste paar dae sedert die Buffels se rugbyseisoen ten einde geloop het, gesien hoe Pierre al hoe meer ontspan. Sy werk is nog nie afgehandel nie. Inteendeel, dit begin nou eers in erns in sy nuwe rol as afrigter van die onder 21's. Sy eerste proeflopie is 'n oefenkamp wat die volgende week by die stadion gehou gaan word. Aangesien Pierre heeltyd by die stadion gaan wees, en hulle in die aande ook besig gaan wees met spanbou, het Landie besluit om bietjie by haar ouers te gaan ontspan. Die oefenkamp loop die Vrydagaand ten einde maar die Saterdagaand is Pierre genooi na 'n ramparty vir van die spelers. Landie het besluit om dus eers die volgende Sondag terug te keer na Pretoria.

Dit is die eerste keer sedert hulle 'n paartjie geword het dat hulle so lank van mekaar af gaan weg wees. Die kere wat Pierre-hulle wel op ander plekke gespeel het, was dit gewoonlik net vir 'n aand of twee.

Toe hy die motor op die N4 stuur, vermoed Landie dat Pierre die naweek saam met haar by haar ouers gaan deurbring en vra dus nie verder uit nie. Dis eers egter toe hulle verby die afrit wat na die plaas lei, ry, dat sy vraend na hom kyk. "Gaan ons nie plaas toe nie?"

"Nee," lag hy. "Hierdie naweek is dit net ek en jy, Sproetjies. Ek gaan jou 'n hele week nie sien nie dus wil ek jou net so bietjie vir myself hou. Sonja het vir jou 'n tas gepak en sy en Amanda sal jou motor by jou ouers los sodat jy volgende naweek op jou eie kan terugkeer Pretoria toe. Ek hoop nie jy gee om nie?"

Landie skud haar kop. Hoekom sal sy nou stry?

Hulle stop by die Alzu Petroport vir koffie en 'n roosterbroodjie wat hulle sommer in die ry geniet. Soos gewoonlik gesels hulle onderhoudend, soveel so dat Landie amper nie eens agterkom toe hulle aanhou met die N4 verby Mbombela nie. Dis eers naby Malelane wat Pierre die afrit neem en nie lank nadat hulle op die R570 afgedraai het nie, het hulle hul bestemming bereik.

En die oomblik toe hulle hul kamer instap, raak Landie sommer net nog liewer vir hom. Sy het geweet Pierre is romanties maar die naweek was baie spesiaal. Hulle is behoorlik op die hande gedra en Pierre het blykbaar alles haarfyn beplan, van die romantiese piekniek in die woud tot 'n spa-sessie vir 'n paartjie en die romantiese kerslig-ete op die veranda van hul suite terwyl die maanlig oor die water dans. Vir daardie naweek was al hul fokus op mekaar en dit het haar weer eens laat besef dat dit wat sy eens op 'n tyd vir Maurice (wie is Maurice nou weer?), gevoel het, niks is in vergelyking met wat sy vir Pierre voel nie.

En sy weet, as hy haar nou sou vra om te trou, dan sal haar antwoord onomwonde ja wees.

P ierre maak sy een oog op 'n skrefie oop, en knyp dit omtrent dadelik weer toe. Die lig is bleddie skerp. Hy wou net weer omdraai op sy ander sy toe hy besef dat dit die deurklokkie was wat hom wakker gemaak het en sy oë vlieg weer oop. Hy draai sy kop na die kant en toe hy die tyd op sy elektroniese wekker sien, glimlag hy. Dis tyd.

Hy het nie bedoel om so lank te slaap nie, maar die feesvieringe het hoog geloop gisteraand. Nie net het hulle die einde van 'n lang seisoen gevier nie, maar ook 'n gesamentlike ramparty gehou van die drie spelers wat voor die liefde geswig het. Dit het 'n groot gespottery geword dat hierdie trouseisoen onder die Buffels is. Hierdie jaar is die trouseisoen nogal lank maar dis ook maar goed so aangesien daar soveel al geswig het. Behalwe die wat al reeds die knoop vanjaar deurgehaak het, moes hulle eintlik al hul kwota bereik het, het Mark Bailey gisteraand gespot.

Pierre bodder nie eers om aan te trek nie. Hy weet dit kan net sy Landie wees, en as hy sy sin kry, bring hy haar direk terug na sy bed. Hy het haar hierdie week gemis.

Hy vryf sy hande deur sy hare en haas hom na die voordeur, waar die voordeurklokkie weer lui. Hy glimlag wyd toe hy die deur oopmaak maar dan verstar hy.

Die vrou wat nou voor hom staan is nie die een wat hy gedink het — en gehoop het — dit is nie.

Monica Bradshaw, sy eks, betrag hom met 'n wye glimlag, en laat haar oë bewonderend oor sy liggaam gly. Waar dit aan die begin van hul verhouding hom sou laat reageer het, of eerder sy liggaam sou laat reageer het, doen daardie kyk absoluut niks vir hom nie. Hy kon dit eintlik verwag het. Vandat Landie in sy lewe is, besef hy eers hoe vlak sy verhouding met Monica regtig was. Hy staar dus net geïrriteerd na haar en vra bruusk, "Monica. Wat soek jy hier?"

"Sjoe, is dit hoe mens deesdae ou vriende groet?" vra sy skalks.

"Nee, ek groet nie ou vriende so nie, maar dan, ons is nie vriende nie en ons was nie vir meer as twee jaar nie. Jy het jou keuse gemaak en ek stel nie belang om enigsins met jou vriende te wees nie."

Monica sug, en vra, "Asseblief, kan ek met jou praat?"

"Ek het niks vir jou te sê nie, Monica. As jy my sal verskoon, ek verwag iemand en moet gaan klaarmaak."

"Pierre, asseblief? Gee my net 'n paar minute," Monica vra pleitend.

Pierre druk sy kop by die deur uit en sien dat Landie se motor nog nie daar is nie. Hy sug. 'n Paar minute sal seker nie 'n verskil maak nie.

Hy staan terug en draai onmiddellik om. Hy stap na die sitkamer en doen nie eens die moeite om vir Monica te nooi nie. Soos hy haar ken sal sy hom volg, al nooi hy haar nie eens in nie.

In die sitkamer gaan staan hy voor die venster en vou sy arms oor sy bors. Vir 'n oomblik wonder hy of hy nie gou moet gaan aantrek nie, maar net die wete dat hy dit weer gaan uittrek sodra Landie kom, laat hom huiwer. In elk geval gaan Monica nie lank bly nie. Dis nou nie dat die los slaapbroekie wat hy dra, enigsins onbetaamlik is nie. Hy sal 'n paar minute kan uithou.

"So? Wat is dit?" vra hy bruusk.

Monica byt op haar lip en dan lig sy haar kop, draai dit so half skuins en kyk met half-versluierde oë na hom. Was sy nou besig om met hom te flirteer, wonder Pierre vir 'n oomblik.

Haar woorde bevestig sy gedagtes en hy onderdruk weer die irritasie.

"Pierre, ek is so jammer oor wat ek gedoen het. Ek besef ek het 'n fout gemaak. Ek mis jou en ek het jou nog lief."

Pierre skud sy kop stadig. "Jy maak seker 'n grap. Dink jy regtig ek sal val vir daardie storie?"

"Hoekom nie? Dis die waarheid," blits Monica terug.

"En dit het jou amper agtien maande gevat om tot daardie besef te kom?" Pierre is so sarkasties dat Monica dit nie kan mis nie, maar soos gewoonlik wanneer sy haar sin wil kry, kies sy om dit te ignoreer. Sy fladder haar oë weer en Pierre snork toe sy sê, "Ek wou al lankal gekom het maar ek sukkel bietjie finansieel op die oomblik. Ek moes eers spaar en nou het ek my werk verloor. Ek het gedink ek kan dalk hier werk kry en dan kan ons weer probeer? Ek kan hier by jou bly ...?" vra Monica hoopvol.

Pierre bars uit van die lag. Die voorstel is so verregaande dat hy nie anders kan as om te lag nie. Het sy nou regtig gedink hy sou haar terugneem? Daar is geen manier nie. Toe sy lagbui uiteindelik bedaar sê hy kopskuddend, "O, nou verstaan ek. Jy soek iemand om vir jou te sorg. Wat het van daardie groot liefde van jou geword? Ek het gedog hy het so baie geld en hy kan vir jou alles gee wat ek nie kan nie."

Hierdie keer het sy darem die ordentlikheid om te bloos terwyl sy erken, "Hy het nooit vir my gesê hy is getroud nie. Hy en sy vrou was vervreemd, maar toe sy skielik opdaag eendag toe is ek nie meer goed genoeg nie. Hy is sommer terug Australië toe saam met haar."

"Nou dink jy jy wil dieselfde met my probeer doen? Vergeet dit."

Jislaaik, wil die vrou nie net besgee nie? Hoekom hou sy so aan en aan, terwyl hy dit duidelik maak dat hy geensins meer in haar belangstel nie?

"Asseblief, gee my weer 'n kans?"

Pierre skud sy kop, "Jammer, maar dit gaan nie gebeur nie. Ek het iemand anders ontmoet. Ek is van plan om haar volgende week te vra om met my te trou."

Hy kan sien dat Monica nie hierdie nuus verwag het nie, en vir 'n oomblik of twee staar sy verstard na hom maar dan vra sy, "Wie is sy?"

"Nie dat dit enigsins iets met jou te doen het nie, maar haar naam is Landie Schoeman. Sy is die vrou met wie ek die res van my lewe wil spandeer. Sy is my sielsgenoot, my beste vriend... Sy is *die een*, soos die ouens sê. Ek kan nie my lewe sonder haar voorstel nie."

"Hoe het julle ontmoet?" vra Monica.

Pierre glimlag as hy dink aan sy eerste ontmoeting met Landie in die park, en toe weer daardie eerste dag by die stadion. Sy oë gly onwillekeurig na die groot foto op die boekrak wat Richie geneem het toe hulle die kalender geskiet het. Soos Lisbeth belowe het, is dit pragtig en stylvol.

Met sy oë nog op die foto gevestig, is hy onbewus daarvan dat Monica sy blik gevolg het en haar kwaai frons toe hy skoon droomverlore haar antwoord, "Sy is 'n ballerina. Die balletskool waaraan sy behoort het balletklasse vir die spelers kom aanbied, en ek was gekies om saam met haar te demonstreer. Al het *Coach* my nie gedwing nie, sou ek die kans met albei hande vasgegryp het. Ek het haar twee weke voor dit al in die park ontmoet, en ek kon haar nie vergeet nie. Die oomblik toe sy in die gimnasium instap, het ek geweet dat dit bestem was. En toe ek uitvind sy bly in dieselfde kompleks, was dit neusie verby. Na die klasse verby was, het ons reklamebeampte dit goed gedink om 'n balletkonsert aan te bied vir ons bydrae tot ons welsynsprojek. So het ek en Landie begin saamdans. Alhoewel ek van die begin af mal oor haar was, was ons eers vriende, maar die laaste vier maande is ons 'n paartjie."

Hy trek sy blik weg van die foto om Monica reguit in die oë

te kyk. "Jy het my 'n guns gedoen. As jy nie die pad gevat het nie, sou ek dalk nooit teruggekom het en vir Landie ontmoet het nie. Ek is lief vir haar, Monica, bitter lief. Al klink dit erg, besef ek nou eers dat wat ek vir jou gevoel het, nie liefde was nie. Aangetrokkenheid. Belustigheid, dalk, maar nie liefde nie. In elk geval nie die diepte van die gevoelens wat ek vir Landie het nie. Ek is jammer."

Die volgende oomblik verstom Monica Pierre toe sy haar arms om sy nek gooi en harstogtelik uitroep, "Asseblief, Pierre. Gee my 'n kans. Ek is so lief vir jou."

Pierre is so geskok deur haar optrede dat hy nie dadelik reageer nie. Haar arms beur sy kop vorentoe maar toe hy besef wat sy probeer doen, gryp hy haar arms in 'n poging om haar van hom los te maak.

Monica klou verbete terwyl sy aanmekaar babbel. Pierre kan nie die helfte uitmaak nie, maar hy weet dat sy iets praat van dat dit wonderlik is om hom te sien, en dat sy hom so gemis het en dat sy lief is vir hom.

Tussen haar liefdesverklarings deur, en sy poging om haar arms van hom los te maak, raak Pierre skielik bewus van 'n ander geluid. Hy kyk op en verby Monica, vas in Landie se geskokte gesig.

"Landie!"

Pierre slaag uiteindelik daarin om Monica se arms van hom los te maak. Hy druk Monica van hom weg, en haas hom na waar Landie nog 'n oomblik gelede gestaan het. Hy sien nie Monica se selftevrede glimlag nie en roep weer na Landie. Sy enigste antwoord is die voordeur wat alreeds toeslaan. Pierre huiwer nie. Hy ruk die deur oop en hardloop agter Landie aan na die meenthuis wat sy nog met haar twee vriendinne deel. Wel, gedeel het want die laaste ruk was sy meer by hom as in die woonstel.

Net voor sy die deur kon oopsluit, bereik Pierre haar.

"Landie, dis nie soos dit lyk nie. Asseblief, luister na my. Gee my 'n kans om te verduidelik."

Hy slaag 'n sug van verligting toe sy stadig omdraai. Vir 'n oomblik wil sy hart breek toe hy haar verwese glimlaggie sien, maar dan blits daardie blou oë weer soos die dag in die park. Hy staar verwonderend na haar maar dan dring haar woorde skielik tot hom deur. "Ek is kwaad. Ek is seergemaak. Ek voel soos 'n idioot dat ek jou geglo het toe jy gesê het dat ek die enigste vrou in jou lewe is. Ek moes geweet het dat jy net soos al die ander mans nie jouself kan help sodra ek my rug draai nie. Ek wil jou nooit weer sien nie, Pierre Basson. Ek het genoeg gehad van mans soos jy."

"Maar Landie ...," probeer Pierre weer maar sy gee hom nie 'n kans nie. Sy antwoord bitsig, "Nie maar Landie nie. Jy weet hoe ek voel oor 'n verneukery in 'n verhouding. Jy het my belowe. Ek is jammer. Ek dink nie ek kan jou weer vertrou nie."

Pierre dink desperaat. Hy weet Landie is nou kwaad, maar hy glo as sy afgekoel het, sal sy hom kans gee om te verduidelik. Solank sy net nie uit sy lewe verdwyn voor dan nie, en soos hy Landie ken, is daar 'n baie goeie kans. Hy gryp dus na die enigste strooihalmpie wat hy kan kry en vra, "Wat van die liefdadigheidskonsert? Dis Woensdag."

Hy ken haar professionaliteit. Sy sal hom los, maar nie die ballet nie.

Vir 'n paar oomblikke staar sy na hom en sê dan strak, "Na Woensdag, wil ek jou nie weer sien nie."

Pierre sug. Hy het 'n paar dae. Hy sal haar net moet oortuig dat hy niks verkeerd gedoen het nie. Hy kan haar nie verloor nie.

14

Na 'n nag van haar aan die slaap huil, staan Landie lusteloos op. Sy maak klaar, maar sy sien op om studio toe te gaan. Vandag is hul laaste dag in die studio voor hul môre en Woensdag hul kleedrepetisies by die teater gaan hou. Volgens Lisbeth is al die kaartjies uitverkoop. Hulle moes die hele konsert skuif na 'n groter teater om nog mense te kon akkommodeer.

Landie het regtig nie gedink daar gaan soveel belangstelling wees nie maar dit blyk dat die publiek gaande is oor die idee. Blykbaar sien hulle baie uit na die danse wat van die rugbyspelers gaan doen met die kleintjies. Die dans wat Landie en Pierre gaan doen is nog 'n verrassing en net 'n paar lede van die balletskool en by die Buffels weet daarvan.

Haar twee vriendinne kyk op toe sy in die kombuis inkom. Sonja blaker sommer uit, "Wat maak jy hier? Ek dog jy is by Pierre."

Landie skud haar kop en probeer nog die trane keer maar toe Sonja bekommerd vra wat fout is, bars sy in trane uit.

Sonja en Amanda spring sommer op en voor Landie nog

behoorlik kan asem skep sit hul arms rondom haar. Hul simpatie maak natuurlik dat Landie net harder huil. Dit vat 'n lang ruk voor sy haar trane genoeg onder beheer het om vir hulle te vertel wat gister gebeur het. Hulle luister simpatiek sonder om haar te onderbreek. Omdat Landie nie vir hulle kyk nie, sien sy nie die skeptiese manier wat hulle vir mekaar kyk nie. As sy het, sou sy geweet het dat haar vriendinne dit nie glo nie. Sy sou hulle ook nie eens kwalik geneem het nie want vir haar voel dit nog steeds so onwerklik. Nie as sy onthou hoe dinge tussen haar en Pierre was voor hy haar verlede Sondag by haar ouers afgelaai het voor hy teruggekeer het Pretoria toe vir die oefenkamp nie.

Sy sou ook seker Sonja se frons gesien het toe sy haar storie eindig met die woorde, "Hy het seker nie verwag ek gaan so vroeg terug wees nie. Ek wou hom verras ..."

"Landie, hoe seker is jy Pierre het jou verneuk?" vra Sonja onomwonde.

"Toe ek daar kom ... Dit lyk asof hy net uit die bed opgestaan het. Sy hare was nog deurmekaar en hy het net 'n slaapbroek aangehad," Landie onthou fronsend.

"En die vrou?" vra Sonia weer.

Landie frons weer en dan moet sy erken, "Ek is nie seker nie. Ek het net haar kaal skouers en groot borste gesien en toe vlug ek."

"Lands, dis somer. Dis warm. Baie vroue dra tenk toppies of 'n halternek bloesie of iets. En dalk het Pierre geslaap. Hy — en omtrent al sy spanmaats — was ver heen eergisteraand. Miskien moet ek eerder sê gisteroggend. Ons het hom gesien toe die bussie hom omtrent twee uur die oggend hier aflaai. En ek belowe jou, Pierre het alleen huis toe gekom."

Landie sit vir 'n oomblik stil en dan sug sy, "Dit verduidelik nog nie hoekom haar arms om sy nek was en sy vir hom gesê het dat dit so wonderlik is dat hulle mekaar weer gevind het nie. En dat sy lief is vir hom nie."

"Miskien moet jy laat Pierre verduidelik," gooi Amanda haar stuiwer in die armbeurs terwyl sy opstaan en haar koppie uitspoel. Sy draai ongemaklik om na Landie en sê met haar een oog op die horlosie, "Ek is jammer. Ek moet by die hospitaal uitkom. Ons kan vanaand weer verder gesels."

Sonja staan ook op. "Jammer, Lands, ek moet ook waai. Ons gesels weer."

Landie staan ook op, "Dis reg. Ek moet ook studio toe gaan."

"Gaan jy dan nog saam met hom dans?" vra Sonia verbaas.

"Ek het seker nie veel van 'n keuse nie," sê Landie gelate. "Ek het nog my integriteit, al het Pierre nie. Ek kan nie nou die organiseerders en Donnie en almal in die steek laat nie. Dis nie hulle skuld dat Pierre so 'n tweegesig is nie. Maar ek het al vantevore met iemand gedans vir wie ek nie tyd het nie. Ek sal dit met Pierre ook doen. Gelukkig nog net twee dae."

Sy tel haar sak op en volg haar twee vriendinne na buite. Sy durf nie eens na Pierre se meenthuis se kant kyk nie. Sy is bang as sy doen, gaan sy sommer weer in trane uitbars.

Landie kom egter nie ver nie. Voor sy nog haar motor bereik keer die vrou wat al haar hartseer besorg het, haar voor.

"Wat soek jy hier?" vra sy bruusk.

Die vrou kyk haar op en af, en dan antwoord sy met so glimlag wat vir Landie gans en al te vermakerig lyk, "Ek het gister gesien hoe ontsteld jy is en wil net seker maak alles is reg."

"Hoekom sal dit jou nou pla?"

Die vrou kyk vinnig weg. Dit lyk byna asof sy skuldig lyk maar dan trek sy weer haar skouers op en kyk leedvermakerig na Landie, "Ek weet dis nie lekker om op so 'n manier uit te vind dat die persoon op wie jy staatgemaak het jou in die steek laat nie. Ek is jammer dat jy so moes uitvind. Ek het eers gister teruggekeer Suid-Afrika toe en ek moet erken, dit was nie lekker om te weet dat Pierre my verneuk het nie. Ek moet jou egter waarsku dat ek hom nie sommer sal laat gaan nie."

"Moenie bekommerd wees nie. Ek het nie tyd vir tweegesig jakkalse nie. Jy kan hom met plesier hou. As hy die tipe man is wat sy meisie verneuk, dan soek ek hom nie."

"Ek is bly ons verstaan mekaar dan. En verloofde, nie meisie nie," voeg die vroumens by terwyl sy haar linkerhand voor Landie flits. "En o ja, aangesien ons seker mekaar meer gereeld gaan sien kan ek myself net sowel voorstel. Ek is Monica. Ek weet jy is Landie."

Landie antwoord haar nie eens nie. Sy klim summier in haar motor en klap die deur toe. Sonder omhaal draai sy die sleutel in die aansitter en sit die motor in trurat. Sy kyk nie weer links of reg voor sy die motor uit die kompleks stuur nie en sien dus nie hoe die vrou haar motor agterna staar nie.

Sy knip haar oë teen die trane terwyl sy wonder of sy weer terug plaas toe moet vlug om haar wonde te lek. Dit voel vir haar egter veels te naby. Miskien moet sy hierdie keer maar Kaap toe trek. Of dalk moet sy weer oorsee gaan.

Al wat sy weet is dat sy nie kans sien om elke dag in Pierre vas te kyk met die wete dat hy aan iemand anders behoort nie.

"Wat de hel gaan aan met julle twee?" skree Donnie. Landie kan die frustrasie in sy stem hoor en sy neem hom nie kwalik nie. Die atmosfeer tussen haar en Pierre is so dik dat jy dit met 'n mes kan sny. Dit het nog geensins van Maandag af verbeter nie. Inteendeel, dis nou nog erger. Elke keer as hy aan haar raak, elke keer as hy na haar kyk of smekend vra dat sy na hom luister, breek haar hart weer van voor af.

Landie hoef nie eens in Donnie se rigting te kyk om te weet

dat sy gesig soos 'n donderstorm lyk nie. Sy hoor dit duidelik genoeg in sy stem.

Verlede week het hulle die stuk feitlik foutloos gedans, maar nou is hul bewegings stram. Dit is al die hoeveelste fout wat hulle maak en hulle hardloop uit tyd uit.

Landie, sy is seker ook Pierre, weet waarom dit so is, maar daar is geen manier wat sy vir Donnie gaan vertel nie. Sy staar net strak voor haar uit en hoop hy gaan die hele ding los. As sy net die volgende uur kan uithou, kan sy terugvlug na haar woonstel en wegkruip vir alles en almal. Tot vanaand, wanneer sy dit weer moet doen, vir die heel laaste maal.

"Dis asof julle nie aan mekaar wil raak nie, wat te sê nog dans?" probeer Donnie weer. Hy skud sy kop verward. "Ek verstaan dit nie. Dit lyk amper asof jy nie vir Pierre vertrou om jou op te lig nie, Landie. Hoeveel keer moet ek dit nog in julle koppe probeer inprent? As jy nie jou dansmaat vertrou nie, kan dit katastrofiese gevolge hê."

Landie hoor Pierre se snork agter haar en sy vererg haar sommer weer. Sy swaai om na hom toe en sê bitsig, "Jy is reg. Ek vertrou hom nie."

"As jy my net kans wil gee om te verduidelik, Landie. Jy storm weg en weier om met my te praat."

Landie skud haar kop liggies, en sê hartseer, "Ek weet wat ek gesien het, Pierre. Hoe wil jy dit verduidelik? Jy weet hoe ek voel oor eerlikheid. Jy weet ..., en dan doen jy dit nog steeds aan my."

Hierdie keer gee Landie nie om of die oefening verby is of nie. Sy kan nie langer na Pierre luister nie — dit wil sê as sy nie voor hom in trane wil uitbars nie. Sy hoor dat hy haar naam roep, maar sy kan nie hoor wat hy sê nie, want sy konsentreer te hard om nie te huil nie.

In die kleedkamer gryp sy net haar sak en storm uit, tot die geskokte verbasing van die ander dansers wat in die gange rondstaan. Landie kan nie nou verduidelik nie.

15

"Ek het jou lief."

Pierre fluister die woorde weer, alhoewel hy weet dat Landie hom dalk nie eens die eerste keer gehoor het nie. Moedeloos sak hy op die grond neer en druk sy kop in sy hande. Hy probeer sy asemhaling beheer maar vandag voel dit asof niks werk nie. Hy het al alles probeer om met Landie te praat sedert Sondag, maar dit lyk asof sy net nie belangstel om sy kant van die saak te hoor nie.

Ja, soos Donnie gesê het, het mens vertroue nodig in jou dansmaat, maar so ook in 'n verhouding. Landie vertrou hom duidelik nie, en Pierre weet nie hoe hy haar kan oortuig nie.

Pierre hoor 'n beweging langs hom, maar hy durf nog nie sy kop oplig nie. Daarvoor is hy nog steeds te ontsteld.

"Wil jy vir my vertel wat gebeur het?"

Pierre sug en lig sy kop. Vir 'n paar oomblikke staar hy na Donnie, en wonder of hy iets moet sê, maar dan besef hy dat Donnie een van die mense is wat Landie die langste ken. Miskien sal hy hom raad kan gee. Buitendien is dit net regverdig. Donnie het net soveel ure as hy en Landie ingesit om hierdie dans 'n sukses te maak.

Hy sug weer, en dan begin hy praat, en vertel vir Donnie die hele storie — vandat hy en Landie ontmoet het, hoe hulle vriende geword het die laaste paar maande, en dan meer as net vriende. Hy wonder of hy nie te veel gesê het nie, maar Donnie skud net sy kop en glimlag. "Wie het julle nou gedink flous julle? Almal kon sien dat julle twee so verlief soos tieners was — vandat julle mekaar ontmoet het. Ek het dit geweet. Eintlik gesien kom van daardie eerste klas by die stadion af."

Pierre glimlag verleë. "Ek was nou nie eintlik subtiel nie, was ek? Maar dit het my nie gepla nie. Almal kan maar weet hoe ek oor Landie voel. Sy het my voete onder my uitgeslaan die oomblik toe ek haar die eerste keer gesien het. Toe ek haar daardie tweede keer, met die eerste balletklas sien, het ek geweet dat dit so bestem is. Sy is vir my die een, die vrou waarvoor ek my lewe lank gewag het. Ek het haar lief, Donnie. Ek wil ... Ek wou haar vanaand vra om met my te trou, maar sy wil nie eens met my praat nie. Hoe gaan ek sonder haar kan aangaan? Dit voel vir my ... Dit voel vir my asof ek nie kan aangaan sonder Landie in my lewe nie. Die laaste paar maande was so spesiaal."

Pierre maak sy oë toe, en sug weer.

"Wat het dan verkeerd geloop?" vra Donnie simpatiek.

Pierre se gesig verstrak maar hy huiwer nie. Hy vertel ook vir Donnie wat Sondag gebeur het. Toe hy klaar is, maak hy sy oë oop en kyk vir Donnie toe hy byvoeg, "Hoe kon sy dit so maklik glo? Weet sy dan nie dat ek sedert daardie eerste dag nog nooit na 'n ander vrou kon kyk nie? Weet sy dan nie hoe lief ek haar het nie?"

"Het jy dit al vir haar gesê?" vra Donnie skalks.

Pierre skud sy kop moedeloos, "Nie in soveel woorde nie, maar ek het dit vir haar gewys elke keer dat ons saam was. Ek wou vanaand vir haar sê, en haar vra om te trou. Nou sal ek seker nooit die kans kry nie."

"Ek ken vir Landie al van hoërskooldae af. Sy is hardkoppig, maar as jy haar regtig liefhet, moet nie opgee nie," gee Donnie raad.

Pierre staan sugtend op en erken dan gelate, "Ek sal my bes doen, maar ek het nie veel hoop nie. Nie na die manier wat sy my die laaste twee dae hanteer het nie. Sy het vir my gesê dat sy my nooit weer wil sien na vandag nie."

"Sien jy nog kans vir vanaand?" vra Donnie verbaas.

Pierre knik instemmend. "Dit is my laaste kans om Landie te probeer oortuig om na my te luister. Dit is my laaste kans om vir haar te wys en te sê dat ek haar liefhet. Ek gaan nie daardie kans laat verbygaan nie."

L andie sluit die voordeur oop. Net toe sy dit oopdruk, hoor sy 'n stem agter haar en sy swaai verskrik om. Haar oë rek nog groter toe sy die vrou herken wat voor haar staan. Dit is weer sy, Pierre se vriendin.

Hierdie keer, egter, lyk sy nie so selfvoldaan soos die vorige twee kere toe Landie haar gesien het nie. Daar is duidelike traanspore op haar wange en sy lyk amper half weerloos.

Miskien het Pierre haar ook verneuk met iemand anders, dink Landie wrang. Miskien het sy uitgevind wat se tipe man Pierre Basson regtig is.

Die vrou — Monica, onthou Landie skielik — klink huiwerig toe sy vra, "Kan ek asseblief met jou praat?"

"Ek dink regtig nie daar is iets meer wat ons vir mekaar te sê het nie. Jy het mos Maandagoggend vir my alles gesê wat daar te sê is, dan nie?" Landie vra smalend.

"Asseblief. Dit is belangrik dat jy na my luister," pleit Monica.

Landie bestudeer haar vir 'n paar oomblikke maar dan sug sy, "Nou goed. Nie dat ek dink 'n gesprek van veel nut gaan wees nie."

Sy draai om en stoot die deur verder oop. Sy stap vooruit na die sitkamer en wag daar vir Monica om by haar aan te sluit. Landie beduie vaagweg na die stoel sodat Monica kan sit maar Monica skud haar kop. "Wat ek te sê het sal nie lank neem nie."

Landie frons maar voor sy enigsins kan reageer, vervolg Monica, "Dit was alles leuens."

"Ekskuus?" vra Landie verward.

Monica sluk en dan sê sy weer, "Dit was alles leuens. Alles wat ek jou Maandag vertel het, was leuens. Selfs Sondag ... Ek het jou deur die venster gesien. Pierre het nie, maar ek het die foto van julle twee op die boekrak gesien en jou herken. Dit was regtig simpel en weet nie eens hoekom ek dit gedoen het nie maar op daardie oomblik? Ek het nie gedink nie. Ek het net besef ek wou hom nie verloor nie. Nee, ek hét geweet maar ek wou dit nie aanvaar nie. Pierre het net voor dit vir my vertel hoe hy oor jou voel, en ek was jaloers ... Ek het my arms om hom gegooi en hom probeer soen, maar hy wou niks weet nie."

"Verwag jy ek moet jou glo? Hoe weet ek dat dit nie weer net 'n leuen is nie?"

Landie weet sy is sarkasties, maar sy kan dit nie help nie. Die seer en teleurstelling van die laaste twee dae lê nog baie vlak.

"Jy moet my glo, asseblief. Soos ek sê dit was 'n laaste, desperate en onnosele idee. Ek het nie behoorlik gedink nie. Ek was bang dat ek Pierre finaal sou verloor maar ek het hom lankal verloor, en dit deur my eie toedoen. Ek was die een wat hom gelos het vir 'n ander man. Toe die ander man my los, het ek gehoop dat Pierre my sou terugvat maar hy het dit duidelik gemaak dat hy nie belangstel nie."

"Hoekom vertel jy my nou?"

Monica skud haar kop stadig, "Want ek besef nou dat dit

nie saak maak nie. Pierre voel niks vir my nie en hy het ook nie vir 'n lang tyd nie. Ek besef ook nou dat hy duidelik nie vir my gevoel het as wat hy vir jou voel nie."

"Wat het gemaak dat jy nou tot daardie gevolgtrekking gekom het?"

Landie is 'n vrou en ook maar nuuskierig. En noudat sy die vrou noukeuriger beskou, is daar asof daar 'n klein sprankie hoop ontvlam dat Monica dalk tog die waarheid praat. Monica bevestig dit toe sy opkyk na Landie en bykans fluister, "Ek het netnou 'n gesprek afgeluister tussen Pierre en 'n ander man. Ek dink sy naam is Donnie. En wat Pierre vir my Sondag gesê het oor jou — oor julle — het hy ook vir die man vertel. Hy is duidelik erg oor jou, Landie. Asseblief, glo my, want al maak dit hoe seer, praat ek hierdie keer die waarheid. Daar het niks tussen my en Pierre gebeur nie en daar sal nooit nie. Pierre is nie daardie tipe man nie. Hy is lojaal en jy kan hom met jou hele hart vertrou. Hy sal jou nie verneuk nie."

Monica sug en draai na die deur. Landie vra weer eens, "Hoe seker is jy daarvan?"

Half onwillig luister Landie tog maar dis eers toe die deur saggies agter Monica toe klik, dring haar woorde tot Landie toe deur. Sy vee vies die trane af wat oor haar wange gly en dan sak sy op die bank neer. Haar bene voel skielik lam toe sy weer Monica se woorde herroep.

Vir lank sit Landie daar en dink aan wat sy moet doen.

Pierre sluk swaar. Sy senuwees keil hom op en hy weet dit is nie net oor die dans nie. Daarvoor het hulle goed genoeg geoefen en nou, na ses maande se oefen, ken hy en Landie mekaar goed.

Nee, hy weet hierdie spanning wat sy maag vasklem het

meer te doen met die feit dat dit die einde is. Hy het so gehoop, gedroom dat dit die begin is van baie nuwe dinge vir hul saam.

Hy moet egter weer probeer maar sal Landie hom glo? Hoe moet hy haar nog probeer oortuig dat hy nie in Monica belangstel nie? Dis amper asof sy hom nie *wil* glo nie. Na sy vanoggend hier uitgestorm het kon hy nie weer 'n kans kry om alleen met haar te praat nie.

Sedert sy hier aangekom het vanmiddag het sy haarself afgesluit in haar kleedkamer.

Donnie tik Pierre op sy arm en vra, "Is jy reg?"

Pierre knik net, te bang om te praat.

Donnie glimlag gerusstellend. "Moenie so senuweeagtig wees nie. Julle is reg. Nog net vyf minute voor julle opgaan."

Pierre antwoord nie. Hy staar net strak na Donnie. Verstaan Donnie dan nie? Dit gaan nie net meer oor die dans nie. Dit gaan ook nie net oor die liefdadigheidskonsert of die instansie waarvoor hulle dit doen nie. Dit alles gaan nou net oor Landie en of sy hom 'n kans sal gee.

Hy sug gelate. Al wil Landie nie met hom praat nie, sal hy sy bes doen vir haar. Hy wil haar nie in die steek laat nie …

Pierre skrik toe 'n hand saggies oor sy arm streel en dan voel hy hoe warm, sagte vingers syne omvou. Hy ruk sy asem in, en maak sy oë vir 'n sekonde toe. Hy voel haar hitte toe sy om hom beweeg en voor hom kom staan. Eers toe sy saggies sy naam sê, maak hy sy oë stadig oop.

Landie.

Nog nooit het sy vir hom so mooi gelyk nie — nie eens vanoggend met die finale kleedrepetisie nie. Sy dra 'n wit rok, soortgelyk aan die een wat sy vir die fotosessie vir die kalender gedra het. Spierwit, amper soos 'n feetjie-trourok. Sy hart klem onwillekeurig saam.

Maar dis nie hoe sy lyk wat sy asem wegslaan nie. Nee, dit is die kyk in haar oë, die glimlaggie wat saggies rondom haar mondhoeke krul wat die knop op sy maag laat verslap en die hitte deur sy liggaam laat gly. En dan, net drie woordjies, en Pierre weet dat alles reg gaan wees. Drie woordjies.

Ek glo jou.

Hy het nie kans om verder te reageer behalwe om haar vingers 'n drukkie te gee en te glimlag nie, want die volgende oomblik klap Donnie sy vingers.

Dis hulle beurt.

Pierre haal diep asem en hand-in-hand wag hy en Landie vir die kleintjies om van die verhoog af te kom. In stilte neem hulle hul plek in agter die toe gordyn. Pierre hoor die murmurering van stemme aan die ander kant, maar dit verstil toe die gordyn lig.

Dit is tjoepstil in die teater en dan begin die musiek — Ed Sheeran se *Perfect*. Donnie het die choreografie gedoen om Landie se talent ten beste te laat vertoon. Pierre is regtig net daar om dit te help doen maar vandag voel dit soveel anders.

Vandag dans hulle dit as 'n liefdesdans, raak hul een met die melodie en woorde. Hul oë hou mekaar gevange. Hul hande dra die boodskap oor.

Beide is onbewus van die skare wat hul in stilte aanskou. Hierdie is hul oomblik. Daarom is dit nie onvanpas toe die musiek wegsterf vir Pierre om Landie af te buig en sy mond oor hare te sluit nie. Dis slegs die applous van die gehoor wat Pierre en Landie terugbring aarde toe maar nie voor Pierre die kans kry om die woorde te sê wat hy so lank al wou sê nie.

"Ek het jou lief, Landie."

Haar glimlag is sy antwoord, maar haar woorde is sy teken om met sy plan voort te gaan. "En ek het jou ook lief, Pierre."

Pierre draai sy kop vir 'n oomblik om na die gehoor te kyk. Hy weet presies waar Leon sit en hy lei Landie doelbewus in daardie rigting sodat hulle die skare se applous kan ontvang. Terwyl Landie haar buiging maak, gee Pierre die teken vir Leon waarop hul afgespreek het.

Leon laat nie op hom wag nie. Hy staan dadelik op met die bos rooi rose. Pierre buk af om die blomme en ook ongemerk die dosie by Leon te neem. Sy hand beweeg vinnig voordat hy omdraai na Landie toe.

Die sagte glimlag speel nog steeds om haar mondhoeke toe sy na hom kyk. Sy Landie-lief.

Pierre haal diep asem en stap dan tot by haar terwyl sy oë hare gevange hou. Hy is onbewus van die stilte wat weer oor die gehoor neergesak het. Miskien het hulle agtergekom daar is iets aan die gang want hulle hou Pierre en Landie ademloos dop maar dit registreer nie dadelik by Pierre nie. Moontlik ook nie by Landie nie aangesien sy net oë het vir hom.

Toe hy voor haar kom, glimlag Pierre maar in plaas van die blomme aan haar te oorhandig, sak Pierre op sy knie neer voor haar en lê die blomme voor haar voete.

Landie het sy bewegings gevolg, half verbaas, maar toe sy besef dat Pierre nog steeds op sy knie voor haar staan en sy hand na haar uithou, snak sy na haar asem. Haar oë rek wyd en toe begin die trane oor haar wange biggel.

Pierre maak sy keel skoon voor hy kon praat want skielik voel hy net so emosioneel as wat Landie blykbaar is. Die laaste drie dae het hy nie gedink hy gaan ooit die kans kry nie maar nou wil hy nie meer langer wag nie.

"Landie-lief. Ek het geweet ek wou jou beter leer ken die eerste dag toe jy my onderstebo gehardloop het." Hy lag toe Landie hom teen die skouer klap. Al vloei die trane nog oor haar wange, glimlag sy ook.

"Toe ek jou die eerste keer soen, het ek geweet dat ek dit weer — en weer en nogmaals weer wil doen. Die laaste ses maande was baie spesiaal vir my. Elke dag saam met jou was 'n avontuur, 'n uitdaging en ek het besef dat jy baie spesiaal is. Ek het jou so lief. Ek wil die res van my lewe saam met jou spandeer. Sal jy met my trou?"

Pierre het nog skaars klaar gepraat toe knik Landie al klaar maar Pierre kan nie net daarop staatmaak nie en hy fluister dringend, "In woorde, Sproetjies."

Al wat sy hoef te doen is om te fluister, "Ja," voor die gehoor weer spontaan hande klap. Pierre vroetel met die dosie en maak dit oop. Hy moet hy lag toe sy ewe snipperig vra, "Gaan jy dit net vir my wys of gaan jy dit vir my aansteek?"

"Jis, jy's al klaar baasspelerig en ons is nog nie eens getroud nie," terg Pierre terwyl hy vroetel om die ring uit te haal. Hy laat val sommer die dosie op die grond en gly die ring oor haar vinger. In een beweging staan hy op, gly sy hande oor haar heupe en lig haar op — net soos hul nou die dag gedoen het. Net soos daardie dag laat hy haar stadig teen sy lyf afsak voor hy sy mond oor hare sluit in 'n soen wat hul band bevestig.

Dit was eers heelwat later, nadat hul 'n paar minute — of dalk heelwat langer — alleen in haar kleedkamer kon spandeer sodat hy haar behoorlik kon wys hoe lief hy haar het dat Pierre vra, half uitasem na die marathon soen, "Hoekom het jy jou mening verander? Vanoggend wou jy nog nie met my gepraat nie. Wat het verander?"

Landie lag verleë.

"Monica het my kom sien net na ek hier uitgestorm het en my vertel dat sy gejok het oor alles. Sy het om verskoning gevra. Ek het amper haar eers nie geglo nie maar net voor sy by die deur uitstap het sy omgedraai en saggies gesê, 'Ek beny jou, Landie en ek is regtig jammer oor wat ek gedoen het. Ek gaan nie jok nie. Ek is nog mal oor Pierre maar hy het jou lief. Nie vir my nie. Ek het gesien hoe ongelukkig hy vanoggend was en toe besef ek het my kans verspeel. Gee hom nog 'n kans. As jy dit nie gaan *doen nie gaan jy 'n fout maak, want daar is net een man soos Pierre'."*

Pierre se enigste antwoord was om Landie te wys hoe lief hy haar regtig het. Toe hy sy mond oplig na 'n lang tyd glimlag hy. "En daar is net een vrou vir my, Sproetjies. Jy, Landie-lief."

DIE EINDE

Nota deur die skrywer

Die Wildehonde en die Buffels is twee fiktiewe rugbyspanne. Die name
van internasionale spanne soos die Springbokke bestaan en is behou om
geloofwaardigheid te skep. Die kompetisies is egter ook fiktief.
Name, karakters, plekke, en insidente, is slegs produkte van die skrywer
se verbeelding en is nie bedoel om as die waarheid voorgehou te word
nie. Enige ooreenkoms met ware gebeurtenisse of persone is heel
toevallig.

Die boek het nog nie in Engels verskyn nie, en is nou die vierde boek in
die *Pad na Glorie*-reeks.

ERKENNING

Dit sal verkeerd van my wees om nie my familie en vriende te bedank vir hul ondersteuning.

C A Els vir sy proeflees

Stephan de Wet;
   The Glendale Raptors; en
   The Scottish Rugby Union
   vir hul geduldige beantwoording van al my vrae

German Creative vir die voorblad-ontwerp

Meer oor die skrywer

Vir jare het die Suid-Afrikaans-gebore romanskrywer, Francine Beaton, liefdesverhale verslind voordat sy self die pen opgeneem het. Sy het haar debuut roman in Engels, Eye on the Ball, asook die eerste boek in die Taste for Love-reeks in 2018 gepubliseer. Sedert 2019 publiseer sy ook in Afrikaans, onder andere die *Pad na Glorie-*, *Blouberg-*, *Groenbosbaai-* en *Op die Kantlyn*-reekse.

Francine is mal oor reis en is ook 'n kranige fotograaf. Tot haar arme man se frustrasie neem sy foto's van alles wat sy eet en drink. Sy is 'n vurige rugby ondersteuner wat selfs (een keer) die spel probeer speel het. Deesdae verkies sy egter om raad en kommentaar te lewer vanaf die kantlyn of voor die televisie terwyl sy 'n glasie van haar gunsteling wyn geniet.

Teken op Francine se nuusbrief en kry 'n gratis bonus-hoofstuk van *Kolwyntjies vir die Liefde*

Volg Francine Beaton op Sosiale Media

KARAKTERS IN DIE PAD NA GLORIE-REEKS

DIE SPAN

RICK WALTERS

GARTH LUCAS · BRETT ADAMS

RICHIE CAMPBELL · BRIAN ALEXANDER

MATTHEW KEMP · JOHN BENADE

JAKES DU PLESSIS

ANDRE BOTHA · DANIEL COOPER

THOM JENKINS · MARK BAILEY

RYAN FOSTER · ADRIAN MALHERBE · JAMES DUBE

RESERWES

BESTUUR EN ONDERSTEUNINGSPAN

NICHOLAS CARTER
BESTURENDE DIREKTEUR

ADMIN	AFRIGTING	MEDIES	FISIOTERAPIE
EMMA COLE-CARTER DIREKTEUR: FINANSIES	**PETER MATTHEWS** DIREKTEUR VAN RUGBY	**DR JAMES MONTGOMERY** SPANDOKTER	**MICHAEL BRADY** HOOF-FISIOTERAPIE
CHRISTOPHER BROOKS DIREKTEUR: MEDIA EN KOMMUNIKASIE	**TOM BRADY** HOOFAFRIGTER	**DR PETER SINCLAIR** JUNIOR SPANDOKTER	**SIMON KELLER** SENIOR FISIOTERAPEUT
LISBETH (BETH) MEYERS PUBLISITEITSBEAMPTE	**CARL BECKER** ASSISTENT-AFRIGTER	**DR PETER MARSHALL** SPORTSIELKUNDIGE	**DARIUS LATEGAN** FISIOTERAPEUT
RACHEL DUNN SPELERS SE ASSISTENT	**NATHAN SINCLAIR** ROERBEGRIPSGEDRAGKUNDE	**CHLOE MARSHALL** DIEETKUNDIGE	**MELISSA ROUX** FISIOTERAPEUT
	HANNAH BLAKE SPORTWETENSKAPLIKE		**SANDY BECKER** MASSEUSE

ANDER KARAKTERS IN DIE REEKS

		Jakes se Geheim
Angie Summers	- Kunstenares	—
Cara-Mia Frescoe	- Sangeres	*Laaste Kans (Verspeelde Kanse, 3)*
Damian Cooper	- Voormalige kaptein van die Buffels	*Keuses van Gister (Op die Kantlyn, 1)*
Dan Mackay	- Sarah MacKay se broer/Kaptein: Skotland	*Die Raaisel Rondom Ryan*
Elizabeth Blake, Dr	- Trauma dokter	*Gesoek: 'n Meisie vir Mark*
Jaylin Cooper	- Taalkundige	*Keuses van Gister (Op die Kantlyn, 1)*
Jesse Summers	- Angie se tweelingbroer	*Kans op die Liefde (Op die Kantlyn, 2)*
Jessica (Jess) Mackay	- Onderwyseres	*'n Kans vir Christopher*
Jon Brooks	-Christopher en Riley se seun	*'n Man soos Pierre*
Landie Schoeman	- Ballerina	*Kans op die Liefde (Op die Kantlyn, 2)*
Lia Moorcroft	- Funksiekoördineerder	*aaste Kans (Verspeelde Kanse, 3)*
Lynn Brown-Cooper	- Omgewingsprokureur	*'n Kans vir Christopher*
Riley Adams	- Joernalis	*'n Ultimatum vir Ulrich*
Samantha Brady	- Netbalspeelster	*Richie en die Rooikop*
Sarah Mackay	- Spraakterapeut	

Nog boeke deur Francine Beaton

PAD NA GLORIE-REEKS

Jakes se Geheim

'n Kans vir Christopher

Daniel se Dilemma

'n Man soos Pierre

'n Ultimatum vir Ulrich

BLOUBERG-REEKS

Blou Somer

Stukkie Blou Hemel

Klein Bietjie Blou

GROENBOSBAAI-REEKS

Kolwyntjies vir die Liefde

Somerson Kersfees

Kinkels en Koffie

Soeter as Wyn

VERSPEELDE KANSE TRILOGIE

Net Een Kans

OP DIE KANTLYN-REEKS

Keuses van Gister

Kans vir Liefde

Pad na Glorie